貴族令嬢。俺にだけなつく4

夏乃実

ファンタジア文庫

3407

口絵・本文イラスト　GreeN

貴族令嬢。俺にだけなつく 4

Aristocratic daughters got used to me.

プロローグ

「ベレト様、緊張なされていますか？」

「あ、あはは……。正直に言えばね。恋人になって初めて学園で会うから、変に意識しちゃうっていうか」

　窓ガラス付きの馬車に乗って登校中の現在。

　馬車中で苦笑いを浮かべながらシアに言葉を返すベレトがいた。

「日曜日を挟んでいるので、昨日エレナ様やルーナ様にお会いできていないことも影響しているのかもしれないですね」

「確かに」

　一昨日の土曜日。ルクレール家が主催した晩餐《ばんさん》会に参加した時——ベレトは告白を受けた。

　伯爵家の『紅花姫《こうかひめ》』ことエレナ・ルクレール。

　男爵家の『本食いの才女』ことルーナ・ペレンメル。

　この二人から。そして、その想《おも》いに正面から応えた。

そんな彼女らと一日空けて会う今日。

また、恋人になって初めて学園で顔を合わせる本日。

考えれば考えるだけ照れ臭く感じてしまう。どのような距離感で接すればいいのか、という迷いもある。

「このようなことをお伝えしましても気休めにならないかもしれませんが、気を張ってしまうのは最初だけだと思うので、きっとよい風になりますよ」

「いつも気遣いありがとね、本当」

「あ、あの……。これは本当に気遣いではありませんので……」

「んえ?」

両手と首をフルフル振りながら。

シアらしい反応ではあるが、『本当に気遣いではない』というのは、らしくない言葉。

「……」

「……」

首を傾《かし》げて次の言葉を待っていれば、無言のままにどんどんと顔を赤くして、まばたきを速めるシアがいる。

——途端に馬車の中の空気が変わっていく。

さすがに、このような雰囲気になるのはベレトとしても予想外なこと。

「シア？」

と、話しやすくするために催促をしてみれば、ようやく言葉が返ってきた。

「その……。昨日も顔をお合わせした私には緊張されていないように感じられますから。

え、えっと……なにをお伝えしたいのかと言いますと、私とエレナ様、ルーナ様の関係は
同じですので……お二人にお会いできていない今だけ、肩に力が入っておられるのかなと
……」

「あはは、それもそうだね」

「はい……」

コクっと、頷《うなず》いて嬉《うれ》しそうに目を細めた。

そう。恋人になったのはあの二人だけではない。

隣に座っている専属侍女、シワのないメイド服に身を包んでいるシアも同じ。

そんな彼女は、エレナやルーナに負けないようにと、こうした慎《つつ》ましい主張を見せるようになった。

——複数の恋人ができたという状況はやはり慣れるものではない。

まだまだ時間が必要なことだが、慣れないからこそ、誰よりも真剣に向かい合おうとし

ているベレトなのだ。

「とりあえず今日はたくさん話すように努めるよ。エレナはまだしも、ルーナは自分と同じように感じてると思うから」

「はい。そのように立ち回っていただけるだけで嬉しく感じられるかと思います」

積極的な性格のエレナと、控えめな性格のルーナ。またルーナに関しては年齢も一つ下で大きな身分差もある。

状況を汲《く》み取った上でしっかりと接していきたいところ。

『気を張ってしまうのは最初だけ』

この言葉は正しいものでもあるのだから。

「ッ……」

そして、唐突に息を呑《の》むベレト。

視線を斜め下に向ければ、そこにあるのは、小さな右手がベレトの手の甲に載っている一つの光景。

ついさっき手の甲に温かさと柔らかい感触が伝わったのだ。

「これなに？」

「こ、これはその！　こちらの『現に……』とお伝えする言葉にさらに説得力を持たせるといいますか、信憑《しんぴょう》性がより上がるのかなと思いまして……」

「そ、そっか」

これもまた言っていることは正しい。

だが、手を重ねるタイミングとしては完全に遅いだろう。

『現に私とは……』と話しながらさりげなく行っていたら、なにも気になるところはなかっただろう。

こればかりは経験値が足りなかったシアだが、結果的には功を奏した。

ベレト以上に緊張しているような、照れている彼女を目の前にすることができた。

「でも……うん、気が楽になったよ。ありがとう」

「そ、そう言っていただけると……助かります！」

そうして会話が終われば再び無言の時間が生まれるが、この間も続いている。

「……」

「……」

シアの手が載ったまま、というのが。

学園では普段通りに。でも、二人きりの時なら……と約束していること。

そのタイミングをちゃっかり狙っていた甘えん坊のシアを見て、心の休息が取れたベレトだった。

今のシアの表情——むふむふした笑顔を見ることもできて。

第一章　恋人との顔合わせ

ベレトとシアの二人が仲良く登校中のこと。

「あらっ、ごきげんよう、ルーナ」

「……ぁ。おはようございます、エレナ嬢」

レイヴェルワーツ学園の敷地内に造られた立派な噴水の前。

その縁台にちょこんと座って読書を嗜《たしな》んでいたルーナと、校舎に入ろうとしたエレナが顔を合わせていた。

「改めてお伝えさせていただきます。一昨日の晩餐会は本当にありがとうございました。エレナ嬢にさまざまな便宜を図っていただいたおかげで、かけ替えのない時間を過ごさせていただくことができました」

「主催側のあたしにはこの上ない言葉なのだけど、この結果はあなたが勇気を出したからに違いないわ」

「エレナ嬢のおかげでわたしは勇気を出すことができました」

「ふふ、じゃあどういたしまして」

『あなたの功績なんだから』と、お礼を受け取るつもりがなかったエレナだが、そんなことはさせない。

――一昨日の晩餐会では本当に素敵なことがあったのだ。

今まで過ごしてきた中で一番嬉しかったことと、一番幸せだと言えることが。

「まあ、『どういたしまして』って返しは間違っているのだけどね。あなたが一緒にいてくれたおかげでね、あたしもそのような時間を過ごすことができたから」

「わたしはエレナ嬢の力になれておりませんよ。フォローしていただいただけではなく、足を引っ張ってばかりでした」

「ふふふ、あたしがこう言っているのだから素直に受け取ってちょうだいよ。あたしもそうしたのだから」

「返す言葉もありませんね……。では、そのように」

「是非そうしてちょうだい」

優しく包み込むような笑顔を浮かべるエレナに、慎ましやかな笑みを浮かべるルーナである。

「それはそうと、こんなところで読書をするなんて珍しいじゃないの、ルーナ。人通りも周りの声もあるし、図書室より落ち着かないような気もするのだけれど……気分転換かしら？」

「いえ、本日は少々用事がありまして」

質問されるだろうと思っていたルーナは、首を左右に振ってすぐに言葉を返す。

「用事……？　この辺りでとなると、待ち合わせかしら」

「一方的に待っているので、残念ながらそのようには」

「一方的に？」

言葉を悪く言い替えれば、『待ち伏せ』となる。

首をこてりと傾げて赤髪を揺らすエレナは、眉を寄せて考える。

そして、すぐハッとしたように目を大きくした。

「ああそういうこと」

「……」

「恋人になったベレトの顔が見たくなって、ここで張っていると」

「そ、そうなります」

同じ人と付き合っている間柄なのだ。

エレナにはなにも隠すつもりはない。バレることを覚悟で口にしたルーナだが……察されたら察されたで恥ずかしさに襲われる。

日焼けしていない白い顔を朱色に染め、無意識に目を伏せる。

「で、ですが、その……わたしはおかしなことは言ってはいないと思います。おかしな行動もしていないとも思っています。関係が変わったのですから、仕方のないことと言いますか、当たり前の心理だと考えています」

「ふふっ、この手の話題にだけは弱いわよね。あなたって」

「と、当然のことです……。今まで恋人を作れるなんて未来は全く見えていませんでしたので」

普段から冷静なルーナだが、この時ばかりは違う。

落ち着きのある態度もそわそわと。世間では笑われる――初心《うぶ》な反応を露《あら》わにする。

「正直、エレナ嬢がとても羨ましいです。わたしと同じ状況なのに、心の余裕を感じますから」

「一応言っておくのだけど、初めてできた恋人がベレトよ？　あたしも」

「それでもこんなに違うのですね」

「ま、まあそうとは言えるかもだけど」

平日も休日も読書。パーティに参加したことだって一昨日の晩餐《ばんさん》会が初めてだったルーナなのだ。

異性から想《おも》いを伝えられた回数も、異性と関わった回数もエレナには大きく負けている。

余裕の面で大きな影響があるのは間違いないだろう。

「情けないことを口にしてしまうのですが、少し……ではなく、とても心配していることがあります。関係が変わった今……余裕のないわたしを見て、あの方が面倒くさく感じてしまわないかと」

「なにを言っているのかしらね、本当。そんなヤツを好きになるような目は持ってないから安心してちょうだい」

ポンポンと華奢《きゃしゃ》な肩を叩《たた》き、本心から励ます。

「ただ、あえて一つ言うならば、今まで通り自分の趣味ばかり優先すると、不満を与えてしまうかもしれないわね。関係が変わっただけにアイツだってあなたとより深く関わっていきたいでしょうから」

「ご忠告ありがとうございます。ですがその点は大丈夫です。今はもう読書よりも……ですから」

「それは自らの意思？」

「……でなければ、この関係になっていませんから」

「ふふ、『本食いの才女』から『才女』って呼び直される日もそう遠くないのかもしれないわね」

「読書よりも優先したいものを見つけることができたというのは、本当に嬉《うれ》しく思うことですよ」

「あらそう。余計な心配をごめんなさい」

エレナからしても嬉しい発言である。

これ以上口にすることはなく、微笑《ほほえ》みを返した。

「まあ心配があるのは、あたしもなんだけれどね」

「エレナ嬢でも心配ごとがあるのですか」

「ええそうよ。だってあたしの目の前にいる女の子が、一人抜け駆けをしてベレトに会おうとしていたんだもの」

「っ」

今それを言われるとは思っていなかったこと。

一瞬の動揺を見せるルーナだったが、その点についての言い訳――いや、正当な言い分を持っている。

「……エレナ嬢は彼と教室で会えるではないですか。たくさんの時間、関わることができるではないですか」

『わたしからすれば、エレナ嬢が抜け駆けをしています』と訴えるように琥珀《こはく》色の目をジトリと変える。が、その勢いはすぐに鎮火させられることになる。

「それについては認めざるを得ないのだけど……あのね、ルーナ。もう状況が変わったのよ」

「ど、どういう意味ですか」

深刻な表情に真剣な声色。

冗談でないことを瞬時に悟るルーナは、すぐに聞き返す。

「今朝、あたしのお父様から教えてもらったことなのだけど、本日からアリア様が通常登校をするようになったらしいの」

「え……」

「もちろん予定のない日に限って登校されるのだけど、あたし達の教室を指名されたらしくて」

知人が多く、その教室が通いやすそうだから。というような理由で指名したのは納得するところだが、釈然としないことがエレナにはあるのだ。

「もちろんご一緒できるのは本当に嬉しいことよ。でも、アリア様があえて指名をするような理由はないと思うの。知人が多いどころか、皆と仲良くされているから」

「その他の理由でご指名されたことを考えると、彼が関係していそうだと思ったのですね」

「……晩餐会の時にベレトに興味を持っていたのは確かだから」

　エレナの言い分を全て聞き、一理あるとは考えるルーナだが、判断するにはまだまだ情報が足りない。

「それだけのことで今までの方針を一変するというのは考えにくくありますけどね。とても一番お忙しい方ですし、アリア嬢が彼と晩餐会で関わった時間も少しだと思いますので」

　なんて言葉を返されることはわかっていたような頷《うなず》きを見せたエレナは、言葉を続けた。

「もしその少ない時間で、ベレトがアリア様に変なことしてたら……どう？」

『変なこと』が言葉通りの意味でないことは無論理解しているルーナである。

「仮にアリア様の感銘に触れるようなことを彼がしていた場合でも、アリア様は普段通りの対応をされるとは思います。なんと言ってもあの歌姫様ですからね」

「本当、アリア様の中に一体なにがあったのかしら」

「現段階でその答えを見つけるのは不可能かと」

「ま、まあそうよねえ……」

アリアが二面性を持っているというのは知る由《よし》もない二人。

隙のない完璧な姿を見せ続け、男女問わず計り知れない人気を誇っているからこそ、その答えは遠く遠く先にあるものだった。

＊＊＊

「……もう着いてしまいました」

「はは、そうだね」

——恋人の距離でいるのは二人きりの時だけ、という約束をしているからこそのシアのセリフ。

そんな名残惜しそうな言葉とは裏腹に、表情や声色はキリッと。

馬車の中で手を触れ合わせていたことを感じさせない彼女のギャップに笑わされるベレトは、共にレイヴェルワーツ学園の正門を潜《くぐ》っていた。

そして、この瞬間に〝やらなければならないこと〟が近づいていることが脳裏を過《よ》ぎる。

「よし、本当頑張ろう。今日は特にリードするように……」

(──最終的には俺が周りから認められるようにならなきゃいけないんだから)

伯爵家のエレナ・ルクレール。

男爵家のルーナ・ペレンメル。

さらには専属侍女のシア・アルマ。

この三人が周りからどう思われているのか、それは一昨日の晩餐会で十分すぎるほど理解した。

自分とは違い、挨拶にくる貴族で溢《あふ》れていたことで。

そんな全員の面子《メンツ》を保つためにも、『脅されて恋人にさせられたのではないか』そんなことを聞かせないためにも、愛想《あいそ》を尽かされないためにも。

これは絶対に意識していかなければならないこと。

「ふう……」

空気を大きく吸い込み、吐き出し。気持ちの整理をしていたその時だった。

「ベレト様、リラックスですよ」

「ッ」

ふんわりとした優しい声をかけられる。

「周りからどのように思われようと、私のこの気持ちが変わることはありませんから。きっとエレナ様やルーナ様も同じように言われると思います」

「……」

表情に出ていたのだろう、当たり前に心を読んできたシアに呆気《あっけ》に取られてしまい、返事を疎《おろそ》かにしてしまう。それが悪かった。

どんどん落ち着きがなくなるシアが出てきてしまうことで。

「あ、あああああとはその、時間の問題でもあるので！　一昨日の晩餐会ではベレト様にご挨拶された方もいましたし、ご状況は必ずよくなっていますから！」

「そ、そう言ってもらえると本当に心が楽になるよ」

シアの言う通り、一歩ずつ、ほんの一歩ずつだが前進していることに違いはない。

過去、本当に酷《ひど》い扱いをされていたのに、変わらずフォローをしてくれるシアには本当に頭が上がらない。

「――って、なんかあそこ人集《ひとだか》りできてない？」

「なにかトラブルでもあったのでしょうか……」

温かな気持ちで校舎に向かっていた矢先、なぜか噴水の前で人集りを作る生徒達を目にする。

その生徒達の視線は全て同じ方向に。

「えっと……？」

歩みを進めて距離を縮めながら、束になった視線をシアと一緒に辿《たど》れば、すぐに理由を察することになる。

「あ、ああ……。そういうことか……」

「ふふ、納得ですね」

縁台に座り、楽しそうに雑談に花を咲かせている二人のご令嬢を確認して。

一人は綺麗《きれい》な赤髪を風に靡《なび》かせながら。

もう一人は大切そうに両手で本を抱えながら。

注目している者全てが見惚《みと》れるほど絵になったような光景。

「ベレト様のお出番がやってまいりましたね」

「これって俺が顔を出していいのかな……？　話も盛り上がってそうだし、なんか邪魔しちゃいそうな……」

せっかく二人が揃《そろ》っているということで、挨拶をするにはベストとも言えるタイミング。

だがしかし、盛り上がっているだけに、ここで入り込むのは『空気が読めない』と言われてしまうような状況。

どうしても遠慮の気持ちが出てしまう。

「今は私を信じていただけたらと。ベレト様を待っている最中だと断言いたしますので」

「……そ、そっか。まさかこんなに早く出番がくるとは思わなかったなぁ……」

シアのことは誰よりも信じている。もう迷いの気持ちはない。

一つ幸いだったのは、すでに心の準備が整えられているということ。

「それじゃあ挨拶に行こっか」

「……本当にすみません。私はちょうど用ができてしまいまして」

「えっ？」

「それでは本日も頑張ってまいりますっ。それではベレト様、私はこれにて失礼いたします！」

「あっ！　じ、じゃあ今日は教室で待ってて！　俺が迎えにいくから！」

「恐縮です。それでは改めて失礼いたします」

文句の付け所もないほど丁寧に頭を下げて、ニッコリと笑みを作り、体を一八〇度回転させて、綺麗な所作でこの場を去っていくシア。

一緒に挨拶をすると考えていただけに、動揺してしまうベレトだったが、『空気を読んだ』行動なのは明白だった。

シアがエレナやルーナと挨拶を避けるはずがないのだから。

「ま、まったくもう……」

最大限の気遣いをするシアにはもう苦笑いである。

（家に帰ったらなにか喜ぶようなことをしてあげないと……）

彼女の想《おも》いを無駄にするわけにもいかない。そんな気持ちで握り拳を作り、近づいていく。

『紅花姫《こうか》』エレナ・ルクレール。

『本食いの才女』ルーナ・ペレンメル。

今、大注目を浴びている二人に。

そして、距離を詰めれば詰めるほど、周りのざわつきが大きくなっていく。

『なにかされるんじゃ……』

『大丈夫なのかな……』

『どうすればいいんだろう……』

なんてエレナとルーナを心配する感情が向けられているような気がする。敵意ある視線も向けられている気がする。

いや、後者に関しては確信して言えることだったが、今はそれに意識を割くほどの余裕はない。

強張《こわば》ったままの顔でさらに足を進めれば、周囲の騒がしさに違和感を覚えたのだろう。人形のように整った二人の顔がこちらを向き——二人の恋人と目が合う。

この瞬間、息をすることを忘れてしまう。

緊張と気恥ずかしさで逃げ出したい気持ちに襲われるが、同時に早く二人と会話したいという気持ちにも駆られる。

「……」

ぐちゃぐちゃの感情のままに手を挙げて挨拶すれば、縁台から立ち上がりながら同じように挨拶を返すエレナと、立ち上がって頭を下げるルーナ。

この間も、足を一歩一歩動かし続け——。

「……」

「……」

「……」

対話する距離はすぐに作り上げられた。

「あ、あの……」

ファーストコンタクト。すぐに言葉に詰まってしまうベレト。

人差し指で赤髪を巻きながらチラチラと様子を窺《うかが》っているエレナ。

本をギュッと抱えて、顔を伏せているルーナ。

全員が同じ気持ちであることは言うまでもない。ただ、ベレトに限っては『頑張ってください！』と、シアに背中を押された感覚があった。

「お、おはよう！　エレナ、ルーナ」

「え、ええ。ごきげんよう。ベレト……」

「おはようございます……」

変によそよそしくなっている二人に、会話のリードをするように努める。

『いつも通り』をできる限り意識して。

「あれ？　なんかルーナがビクビクしてるように見えるけど……なにか脅したりしてないよね？　エレナが」

「は、はあ？　どうして脅さなきゃいけないのよ！　あなたじゃあるまいし」

「俺もそんなことしないって……」

「変な噂《うわさ》があるんだから説得力なんてないでしょうに。あなたがここに来ただけで周りがザワザワするほどなんだから」

早速、軽口に乗ってくれて空気を和らげてくれるエレナ。

一つ残念なのは、言い返す言葉もない正論で……ということ。

「ほらルーナ、あなたもなにか言ってくれないと、あたしが脅したなんて誤解が解けないじゃないの」

「す、すみません……。本当に脅されていませんので、安心してください……」

「あは、ならよかった」

小さな声ではあるが返事をしてくれる。が、その顔は伏せられたまま。

本当に性格が出ている二人だった。

「ルーナ、自分のペースで本当に大丈夫だからね。逆に俺もそんな風に見てもらえると嬉《うれ》しいし」

「あ、ありがとうございます……」

「とんでもないとんでもない」

一言二言交わすが、未《いま》だ変わらず。

本当は顔を覗《のぞ》き込んで冗談でも言おうとしたが、それは止《や》めることにした。

――髪と髪の隙間から覗いている真っ赤な耳を見て。

自分がこうなるのはわかっていたルーナだろう。

それでも顔合わせにきてくれたというのは、本当に嬉しく感じる。また、こうも頭が下がっていると手を載せたくなるが、注目を集めている今。

「……」

気軽にできることではないが──ふと、思い返すことがある。

一昨日の晩餐会《ばんさんかい》で、一体どれだけ挨拶にくる男がいたのかということを。

そして、この場に集まっている者は普段から図書室にこもっているルーナを目にすることがなかったのだろう。すぐにでも声をかけたそうなオーラを感じる。

「………」

身分の低いルーナで、貴族なら誰もが手を出せる立場にいるだけに、今後、彼女に目をつけて図書室を訪れる男が増えるかもしれない。

同じ教室で過ごしているわけでもないため、もしなにかあってもすぐ助けにもいけないのだ。

頭を働かせれば働かせるだけ不安に感じてしまう。

今こうして関われている喜びが、上塗りされていくように霧散していく。

野次馬《やじうま》をチラッと見るベレトは、目をパチパチさせながら行動に移す。

「え、えっと、ちょっとだけ……」

体で死角を作るようにルーナに二歩近づき、ちょうどいい位置にある頭にポンと手を置く。

「ごめんね、ちょっとだけ」

「～～っ」

サラサラとした髪を撫《な》でれば、すぐに手を離すのだ。

突然のことで状況の整理が追いついていないのか、声にならない声を漏らすルーナ。

その一方で自分勝手に不安を拭う行動をとったことで、後ろめたく感じながらも笑みを浮かべるベレトには呆《あき》れのツッコミが入れられる。

「はあ、あなたねえ……。『自分のペースで大丈夫』って言った側《そば》からそんなことしてどうするのよ。意地悪しないの」

一連の流れを間近で見ていたジト目のエレナに。

「あ、はは……。本当にそんなつもりはなくって」

恋人の関係になって、嫉妬もしてしまったから、普段はしないことを誘発させてしまう。

「さっきまであんなに顔を強張《こわば》らせてたのに、いい気なものねえ」

「バ、バレてたんだ……それ」

「こっちに近づいてくる時、あからさまだったもの」

ルーナを守るように半歩前に出て、上半身を乗り出すようにツンとした顔を近づけてくる。

「そ、それは心の中で留《とど》めておいてほしかったな……」

「じゃあしっかり考えなさいよね。なぜ口に出されてしまったのかを」

口を尖《とが》らせて、さりげなく自分の頭に手を当てたエレナは言葉を続ける。

「……で、話は変わるんだけど、一体どうしてこんなことになったのよ。あなたはなにか知っているんじゃないの？」

「ん？　ごめん、話が見えないっていうか……。一体なんのこと？」

「はあ？」

知っている前提で聞かれるも、心当たりはなにもない。

ハテナを浮かび上がらせながら質問を返せば、衝撃の内容を知ることになる。

「あなたなにも聞いていないの？　今日からアリア様がご登校されるようになるってお話」

「えっ、ええ!?　なにそれ……。本当に初耳だよ……」

動揺が走るベレト。それも当然のこと。

侯爵よりも上の爵位。公爵家。

その出自のアリアであり――ベレトの立場を以《もっ》てしても敵《かな》わない相手。粗相を犯せばもう、取り返しがつかない相手でもあるのだから。

無意識に身構えながら、頭の中で情報を整理していく。

『今日から登校』ってことは、一般の登校に方針を変えたってことだよね？　テストがある日だけ登校するとかじゃなくて」

「予定がなにもない日に限ってだけどね。だから多くても一週間に一回から二回の登校になるんじゃないかしら」

「ちなみにアリア様が通われる教室って？」

「あたし達の教室を指名されたらしいわ」

「指名……なんだ。そ、それまた本当に急なことですこと……」

「……口調、おかしいですよ」

「ち、ちょっと動揺しちゃって。でもそっか……。そうなんだ」

上目遣いで控えめなツッコミを入れてくるルーナに対し、苦笑いを作りながら噛《か》み砕いていく。

ベレトにとって、今回の件は複雑なのだ。

もちろん、アリアが『嫌』というマイナスな感情からくるものではない。

お世辞を抜きにして、一昨日の晩餐会で関わった時、好感しか得られなかった。

端整な容姿に、堂々とした品のある立ち振る舞い、丁寧な言葉遣いに、優しい性格、誰をも聞き惚《ほ》れさせる歌唱力。

シアと同様〝欠点のない完璧な姿〟をしていたアリアだが、偶然知ってしまったベレトなのだ。

そんな高貴なアリアの『素の姿』を。

自宅ではずっとベッドで横になり、布団《ふとん》に包《くる》まってイモムシのような姿になり、食事もベッドの上で完結させようとして、ベッドから出たくない一心でお手洗いを我慢して、おんぶで運んでほしいとおねだりして。

さらには布団の中に専属侍女を引き摺《ず》り込んで、抱き枕にしようとしてくることも。

極めつけはとんでもなくラフな口調で、それはもう爵位の第一位である貴族だとは思えないほど。

これを一〇〇人に教えても一〇〇人が信じてくれないだろうが、『麗《うるわ》しの歌姫』のイメージを崩しかねない情報をアリアよりも立場の低い自分が手にしていることは、不都合極まりないこと。

「あの、この件は先ほどエレナ嬢ともお話ししたのですが、アリア様の方針変更の理由になにか心当たりはないですか。誰よりもご多忙な方なので、よほどの理由がおありなのだと思います」

「タイミングがタイミングだから、晩餐会のナニカがキッカケであるのは間違いないはずなのよ」

「い、いやぁ……。そう言われても特に心当たりはないけどなぁ……。俺は」

「少し、怪しいと感じます」

「あたしも同感よ、ルーナ」

「そ、そんなことないって！　うん……」

宝石のように綺麗《きれい》な目を細め、疑いの視線を向けてくる二人。

必死に取り繕ったものの、さすがはエレナとルーナ。相変わらず鋭かった。

実際、アリアが通常登校に変えた理由に心当たりはある。

こうして追い詰められるようなことをされたら、どうしても嫌な予感が湧いてくる。

——喉のケアのアドバイスが効かなかったために、悪化したために、責任を追及しようとしているのかもしれない、と。

——晩餐会の終了後、なにかしらの情報を得て、暗闇の園庭で話した人物が自分だとバレたのかもしれない、と。

——晩餐会の終了後、なにかしらがあって素の姿が自分にバレたと悟ったのかもしれない、と。

最初の一つについて、アリアの専属侍女であるサーニャから忠告されているのだ。

『アリア様がなさっていることは、正しいケアの方法です。もし、あなたの助言を取り入れたことで悪化するようなことになれば、公爵を含めた多くの貴族から迫害の圧をかけられることでしょう』と。

後ろ二つなら、『誰かにわたくしの素をバラそうものなら、どうなるかわかっていらっしゃいますよね』なんて脅しをされてもおかしくない。口止めや監視をするために登校することを選んだのだろう。

ルーナも口にしたように『よほどの理由』がない限り、布団に包まってイモムシになっているようなのんびり屋さんが、学園に登校するなんて選択をするわけがないのだから。

「その様子、やっぱり原因はあなたでしょ。……あっ、今思えばサーニャ様に用事があるって言って二人で廊下に出てたわよね。その時になにかがあったんじゃないの？」

「ッ、それは……」

最悪のタイミングで信憑性《しんぴょう》を増す一幕をエレナに思い出される。

「わたしは懐疑的に捉えていましたが、あなたの反応で確信に変わりました」

「は、はは……」

言い逃れをするには厳しい状況に顔が引き攣《つ》る。一杯一杯の頭でどうにか話を逸《そ》らすことを考えたその時だった。

「ベレト・セントフォード。あなたに一つだけ、言わせてください」

「う、うん⁉」

『真剣な話をする』と言わんばかりにルーナから本名で呼ばれる。

「……わ、わたしはあなたを責めるつもりはありません……。ですが、あなたはわたしの大事な人……です。アリア様がいくら素敵なご令嬢だからといっても、夢中にはなりすぎないでほしいです……。お昼休みは普段通り図書室に寄って……もらいたいです……」

「いや、それはもちろんだって！」

言葉が続くにつれて、目線が下がっていき、ぼそぼそ声になっていくルーナ。

こんなにも恥ずかしそうに勇気を振り絞った言葉を伝えられたら、その気持ちが伝染してしまう。

「はあ……。あのねえルーナ、あなた年下だからって抜け駆けしすぎよ。あたしのことも少しは考えてちょうだい」

「エレナ嬢には勇気を出す大切さを教えていただきました」

「ま、まったくもう……。本当に頭の回転が速いんだから……」

『爵位』ではなく『年下』との言い分で咎《とが》めようとしているのは本当にエレナらしい。

冗談でもそのように言わないのはさすがだろう。

ルーナもその気遣いを理解しているように、目を細めながら軽く頭を下げていた。

気づけば、深掘りされたくない話題が変わってもいた。

「――って、ベレトはなにか言いたげじゃない？　言いたいことがあるなら言いなさいよ」

「ま、まあその、普段と変わらず二人が仲良しで安心したっていうか」

「わたしから口にするのは恐縮ですが、普段と変わらずではないですよ」

「え？　それってどういう意味？」

「相変わらず察しが悪いわね……。もっと仲良くなっているってことよ。あなたとだけ関係が変わってるわけじゃないんだから」

「あっ……」

二人からすれば、同じ恋人を持っているということ。友達とはまた別の関係になったと言えること。

改めて事実を感じられる言葉を耳にすると、どうしても目が泳いでしまう。

「なに今さら照れてるのよ。シャキッとしなさいよね。あたしの恋人なんだから」

「わたしの恋人……です」

「な、なんかわざと照れさせようとしてない？　二人とも」

羞恥に襲われる状況になっていたが、ツッコミが先に出てしまうような言葉を言われるベレトだった。


それから数十分この場で過ごせば、時間も時間。

図書室登校のルーナと一旦の別れを告げ、エレナと共に教室に入った後である。

「……そう言えばさ、さっきからなんか騒がしくない？　中も外も」

「アリア様が登校されたのだと思うわ。ほら、拝見するために続々と人が集まっているからら」

窓際《まどぎわ》に立ったエレナが『外を見て』と視線で訴えてくる。

綺麗な容姿に日の光が当たり、一瞬で絵になった恋人の姿に息を呑《の》むベレトは、少しの後れを見せて隣に立つ。

「あ、ああ本当だ。やっぱりすごい人気なんだな……」

「ふふ、なに当たり前のことを言っているのよ。あんなに素敵な歌声を持っていて、非の打ちどころもないのだから当然のことでしょう？　アリア様は淑女の憧れなのよ」

「……」

「ねえ、無視しないでちょうだいよ」

「ご、ごめん！　ちょっと考えごとしてて」

ベレトは言えない。誰にも言えない。

その非の打ちどころのない姿は完璧に偽った姿だと。

お食事もベッドの上で完結させようとして、ベッドから出たくない一心でお手洗いまで我慢して、おんぶで運んでほしいとまで言う人物であることを……。

「そ、それはそうと！　アリア様が登校回数を増やす方針に変えてくれてよかったね。これからは関わる機会が増えるのは間違いないと思うし」

都合の悪い話は変えておくに越したことはない。

「確かに喜ばしい外ないのだけど、関われば関わるだけ羨ましく思ってしまうのよね」

「羨ましく……？」

本音半分、冗談半分で口にするエレナ。

そんな彼女に首を傾《かし》げながら疑問を投げ掛ければ、すぐに言葉が続けられる。

「アリア様ってなに一つとして欠点がない方だから、同性から見ても本当に魅力的に映るのよ」

「……自分にはないものを持ってる、みたいな？」

「そんなところね。そして、同じ水準には届き絶対に得られないって」

言葉は続く。

「もちろん誰よりも努力を重ねられた結果だから、妬み嫉《そね》むような真似《まね》はしないけれど、無意識に比べてしまうことはあるの」

「ほう……」

「『ほう……』って、なに他人事《ひとごと》のように感じてるのよ。これはあなたのせいなんだから」

「お、俺のせいなの？」

不意を衝《つ》くように、宝石のように綺麗な紫の目をジトリと向けられる。

「それ理不尽な理由でしょ？」

「理不尽じゃないわよ。あなたとこの関係になったから、より強く感じるようになったんだから……。今の関係に現《うつつ》を抜かしていると、いつか愛想《あいそ》を尽かされて、もっと魅力的な女性に乗り換えられてしまうんじゃないかって」

「ふっ、なんだそれ」

噴き出すように笑ってしまったのは、こんなことを伝えられるなんて思ってもいなかったから。

「……笑いごとじゃないんだけど、あたしは。よりよいパートナーを求めるって心理は全員が持っているものでしょう？」

「そうかもしれないけど、エレナがそれを本気で心配するのはおかしくない？　って思って」

「お世辞はやめてよね」

「本音だって」

細い眉を器用に動かすエレナと目を合わせ、頬を緩めながら即答するベレトである。

「まずエレナが言うことを一番に心配しないといけないのは俺だし。晩餐会《ばんさん》じゃたったの数人にしか挨拶されなかったわけで」

「まあ恋人と一緒にいるだけで変な噂《うわさ》を立てられるのは好ましくないわね」

「だ、だよねー」

自分と関わっているだけで、『脅されているんじゃないか？』『大丈夫か？』なんて声を周りからかけられていることは知っている。

余計な対応を取らざるを得ない状況になっていることも理解しているのだ。

「ただ、そのくらいで愛想を尽かすような女じゃないことだけは言っておくわ」

「本当？」

「なに疑ってるのよ。この件については時間が解決してくれるでしょう。そもそも自らあなたを手放すようなもったいない真似はしないわよ」

「……そっか。じゃあ引き続きよろしくしてもらえると」

「ええ、よろしくしてあげるわ」

そう返事するエレナは一度だけポンと肩を当ててきて、からかうように目元を緩ませた。

「重たい女でごめんなさいねぇ。こんなあたしに目をつけられてしまったあなたも悪いけど」

「嬉《うれ》しい言葉をありがと」

「皮肉かしら?」

「『そんなことないよ』って言わせようとしてるでしょ、絶対」

「言ってくれるのなら聞くけれど。聞き得だから」

「……恥ずかしいから言わない」

「ふふ、あっそう。それは残念」

素っ気なさもある短い会話だが、これでもお互いの気持ちは通じているもの。

「じゃあ聞くことができない代わりの小言を一つ」

「ん?」

「アリア様を見て目の色を変えたり、下心を見せたりしないでちょうだいね。少なくとも今はまだ付き合い始めた余韻を楽しみたいの」

言い分を聞いている最中、ピクッと目を大きくするベレト。

『今はまだ』という言葉には少し引っかかったが、共感できる言葉だった。

「その点については大丈夫だよ。こんなことを言うのもなんだけど、自分から進んで話しかけに行ったりしないから」

「不思議なことを言うのね。アリア様のことが苦手なわけじゃないでしょう?」

「うん。みんなと同じく好意的に思ってるけど、上の立場の人とはあまり関わらないだけに尻込みしちゃうんだよね。意図せずに不快なことをしないかっていう心配もあるし」

——さらに、アリアが通常登校するようになった理由が不透明なのだ。まずは様子を窺《うかが》いたいところ。

「はあ……。真剣に聞いて損したわ。もし今、教室に誰もいなかったら罰を与えて補ってもらおうとしたくらいに」

「ならよかった」

「ふーん。本当によかったのかしらね」

「罰ならみんなそう言わない……?」

いまいち要領を得ないベレト。

本当に相変わらずの姿を見るエレナは、半ば呆《あき》れるような、半ば面白がるような表情を作って耳元で囁《ささや》くのだ。

「……あの時にできなかったキスの一つでもしてあげようかしらって思っていたから」

「ッ⁉　い、いやあ、それは罰って言わないって……」

「ルーナやシアならすぐに察してくれたでしょうけどねえ」

「そこは俺にもわかるように言ってくれないと」

顔の距離を取って言い返せば、口元に手を当ててさりげなく強調してくるエレナである。

「ふふ、こんなやり取りもまた楽しいものね。今まではできるはずのないことだったから」

「おかげさまで」

「……一応言っておくけど、この手のこと誰にも口外しないでちょうだいよ。あたしが恥ずかしいから」

「同じく」

お互いに口外されたくない人物を想像すれば、顔が火照《ほて》っていく。

無論、その相手は被《かぶ》りつつもある。

「……ねえベレト、なにか話題はないの？　早くこの空気を変えてちょうだい」

「そ、そうだな……。じゃあ晩餐会が終わって別れたあとの話とか？」

「あら、珍しくセンスあること言うじゃない」

「あはは、ちょっと俺も思った」

共通の話題且《か》つ、最近のことで、関心のあること。

互いに口達者になりながら、当時の情報を共有するのだった。

そうして、一五分が過ぎた頃だった。

広い廊下から大きなざわめきが伝わってくる。歓声のような騒がしさがどんどんと近づいてくる。

誰が原因となっているのか、それは想像するまでもないこと。

「こられたようね」

「……うん」

その返事の通り。

ふわふわとしたプラチナブロンドの髪を波打たせ、大きな膨らみのある胸を揺らしながらこの教室の前で一礼するのは——あの歌姫。

公爵家のご令嬢が入室した瞬間である。

「……」

なぜか誰よりも早くアリアと目が合うベレト。ただの偶然だと思うことができず、真顔になってしまう。

「こら、睨《にら》まないの」

「に、睨んでないって……！」

その途端、横から飛んできた声に反応すれば、エレナに半目を作られていた。

「じゃあ制服姿のアリア様に見惚《みと》れていたのかしら。これはもうルーナに報告しなきゃいけないわね」

「やめてください」

大冤罪《だいえんざい》をかけられるベレトだが、軽口半分だということはわかっている。

その証拠にこの内容が引きずられることはなく、すぐに話題は変わった。

「みんなと同じようにご挨拶したいところだけど、さすがに今のタイミングじゃなさそうね」

「自分達はつい先日挨拶したもんね」

この教室に入り、ものの数秒で一斉にアリアを取り囲むクラスメイト。

テスト日にしか登校をせず、さらには別室登校ということもあり、それはもう晩餐会を超えるような人気ぶりを博しているアリアは、優しさに溢《あふ》れるニコニコの笑顔で挨拶を始めている。

「本当、すごい人気だなあ……」

「学園で一番の人気者だから当然よ。それどころかあたし達の年代で一番有名な方でしょうし」

「あ、ふと思ったことなんだけど、そんなアリア様を前にしてみんな自制してるのすごくない？」

「自制って？」

「『歌ってください』みたいなお願いが一つも出てないでしょ？　アリア様は優しいから、そんな声が出ても不思議じゃないのになって」

賑《にぎ》やかな空間が目の前に広がっているだけに、聞き耳を立てていなくとも会話が聞こえてくる。

その内容はアリアの体調を伺うものだったり、最近のことを聞いたり、お昼休憩の予定を聞いたり。

『麗《うるわ》しの歌姫』と呼ばれているアリアだが、彼女を象徴する『歌』に関することはなに一つとして話題に出ていないのだ。

「『口にすればお願いを叶《かな》えてくれる』って思っているクラスメイトは多いはずよ、きっと。でも、それが引き金になってトラブルでも起きたら、責任なんて取れないでしょう？

立ち回り一つ間違えるだけで一家どころか家名破滅ものだから」

「あ、はは……。なるほどね……」

アリアの喉の状態を知っているベレトなのだ。

実際に起こりうる可能性があるからこそ、硬い笑みになる。

「──まあ、あんなに親しみやすくて、驕《おご》ることもしないから、誰よりも慕われているのでしょうね」

「慕われているどころか、崇《あが》められてるレベルじゃない？」

「ふふっ、一理あるわね」

クラスメイトの目の輝きは相当なもの。

それはもう宝の地図を頼りに、土に埋まった宝箱を見つけた時のように。

全員が全員、一秒一秒の関わりを無駄にしないようにしている。

「……ねえベレト。これはただの興味本位なんだけど、あなたは恋人があのようになったりしたら、嬉しいといったものはあるのかしら」

「あのようにって、見たまんま？」

「ええ」

今もなお取り囲まれているアリアに視線を送りながら首を傾《かし》げれば、すぐに頷《うなず》くエレナ。

「もしあの場所にいるのがアリア様ではなくてあたしだったら、どう？」

「どうって言われても……。特に思うようなことはないけど」

「もっと真剣に考えてちょうだいよ。周りから人気がある方が恋人として鼻が高い、みたいなものはあるでしょう？」

綺麗《きれい》な赤髪を人差し指で巻きながら、ぶっきらぼうに。

関係が変わった今だからこそ、エレナなりに考えてくれようとしているのだ。

「……遠慮をするなとは言わないけど、こんなところは素直に答えてくれた方が嬉しいものよ」

「そう言われても本音だし」

「へえ……」

訝《いぶか》しんでいるような声と表情。そんな何気ない様子でもしっかりとした絵になっている。

「そうやって甘やかせば甘やかすだけ、恋人がどんどんダメになっていくのだけど、あなたは構わないのかしら」

「いや、今のままでも十分エレナのことを誇らしく思ってるから、甘やかしてるつもりはさらさらないよ……？　そもそもの話、周りに自慢するために恋人を作ったわけでもないんだし」

「……あ、あっそ」

お世辞を言っているわけでも、喜ばせるためでもない。

複数の恋人を持つことが当たり前の世界にいなかったからこそ、先のことを真剣に考えて、将来の相手を選んだのだ。

『重い』と引かれてしまうかもしれないが、この世界では変わった考え方なのかもしれないが、これが自分なりの筋の通し方だった。

「じゃあ打算的なことは考えずにこれまで通り過ごすことにするわ。あとになって改めるよう言われてももう聞かないわよ」

「全然大丈夫だよ。って、人気のあるエレナに人気のない俺がこう言うのも変な話だけどね」

「ふふふっ、あたしから聞いたことなんだから変なことじゃないわよ」

自身の中で嬉《うれ》しく噛《か》み砕くことがあったのか、綺麗な両手を合わせて表情を緩ませている。

そんなエレナだが、ここで突然と声色を変えるのだ。

「ただ、キザなことを平気で言う人はあたし苦手なのよね。『今のままでも十分誇らしく思ってる』とか」

「ちょっ、その話は蒸し返さなくてよくない⁉　それはなんて言うか、口を滑らされたというか」

「あなたの口から出たことなんだから、あと三回は弄《いじ》らせてちょうだいね」

「三回は多いって……」

「一応言っておくと、嬉しくないわけじゃなかったわ。あのセリフ」

「はいこの話はもう終わり！」

「しょうがないわねえ」

教室の中は主に二つのグループが作られていた。

アリアに挨拶をするために集まっているグループ。

挨拶をする順番を待ちつつ、気の知れた相手と喋《しゃべ》っているグループ。

この要因となっている公爵令嬢、アリアは周りを取り囲まれる中、とある人物らをさりげなく視界に入れていた。

二人が特別な関係になっていることを悟ると共に、とある願望を強く抱いていた。

自分の素の姿――『麗しの歌姫』とは似ても似つかない姿を知っていても、効果的に喉をケアできる方法を教えてくれた彼と会話をしたいと。

少しでも早くお礼の言葉を伝えたいと。

今よりも仲良くなりたいと。

「──申し訳ありません。わたくし先約がありまして。また後ほどご挨拶をさせていただけたらと」

気づけばこの言葉が出ていたアリアだった。

幕間《まくあい》一

「アリアお嬢様、一体なにをされているのですか？」

アリアに長年仕えている専属侍女――サーニャ・レティーシャがこの声をかけたのは、学園に登校する前の時間帯。

それはもう珍しく自主的に自室の椅子に座り、真剣に書き物をするアリアの姿を目に入れてのことである。

「これはね、台本を書いてるの」

「台本？　台本が必要になるような催事は控えていないかと思われますが。いえ、控えておりませんが」

「ひ、控えてるよぉ……！　あと一時間後に！　ベレト様とお話しする時に必要なんだからっ」

「はあ」

余裕がなさそうに目を潤ませるアリアを見て、眉間に手を当てながら呆《あき》れの息を吐くサーニャである。

「もう完全に素がバレてしまっているのですから、今さら作戦を練る必要はないでしょう。二人きりの場で、先日のお礼をお伝えしながらお話しするだけではないですか」

「そ、そんなに簡単な問題じゃないんだもん……」

先日の晩餐会《ばんさん》でアリアが素を出したのは、喉を痛めていることを暗に漏らしたのは、たったの一度。

顔が見えないほど暗闇だった園庭で、偶然に出会った相手にのみ。

その情報をベレトが持ち合わせていて、挙げ句の果てに喉のケアに関する情報を教えてくれたのだ。

相手の特定は簡単なことだった。

「素の口調に戻すタイミングとか、お話の持っていき方とか……。ほ、本当に恥ずかしいんだもん……」

顔を赤くしながら弱々しい声を漏らすアリア。

『なにか励ますことを言って……』という気持ちはひしひし伝わってくるが、そうしたところで現状が変わることはない。

時を巻き戻せるわけもない。

サーニャは『早く割り切ってください』と言わんばかりに、現実を見させるのだ。

「そうですね。それはさぞかしお恥ずかしいことでしょう。自堕落な素がベレト様にバレていながらも、教室等では普段通りに振る舞わないといけませんからね。『取り繕っているな』と冷静に思われることは確実です」

「う、ううぅ……」

大ダメージを負ったことが伝わるように、ベタぁっとテーブルの上に上半身を倒れさせるアリア。

大きな膨らみのある胸が自身の体によって潰されている。

「サーニャ……。どうしてこの性格を直すように言ってくれなかったの……」

「これまでに何十回、何百回と口を酸《す》っぱくして注意しましたが。直す努力をされなかったのはアリアお嬢様ではないですか」

「……」

「記憶にないとは申しませんよね」

「あ、あい……」

言い返す言葉があるはずもない。

すぐ素直になり、語尾からもわかるほどにしゅんと縮み込むアリアである。

「それで、台本は書き終えられたのですか」

「このようなものはお書きにならず、お心のままにお話しすればよいだけのことだと本心から思いますけどね。台本を拝見しても？」

「ん……」

了承をもらってすぐのこと。サーニャはアリアの横に立ち、覗《のぞ》き込むようにして台本を読み込んでいく。

その時間、一分。

「なるほど。回りくどいですね。私の眉間にシワが寄ってしまうほどに」

「っ！」

「ただただ時間がもったいないので、ベレト様に大変不親切では。お礼を伝えるべき相手なのですよ」

アリアが書いた台本は、会話を続けながら、少しずつ、こっそりと、しれっと口調を素に戻していくというもの。

そのせいで中身のないやり取りが膨大になってしまっている。

「……で、でも、いきなりスンって変えたら絶対に引かれちゃうんだもん……。『承知いたしました。ニッコリ』から『わかったあ～』みたいになるんだよ？」

「まだ……。全然……」

「声色すらも変わるのでその点は認めざるを得ませんが、ベレト様であればきっとご理解くださいますよ。アリア様の素を承知の上で、地位や名誉にも関わる喉のケアに関する情報をお譲りいただいたのですから」

「うん……。だ、だから……嫌われないようにしたいの……」

上半身を起こし、改めて台本を書き上げようとするアリア。

その目には、言葉通りの意思が宿っていた。

「それほどまでに嬉しかったのですね」

「うん。今だって嬉しいくらいに……」

ふっと目を細めて。

アリアがこれほどまでに一人の異性を気にかけている姿は、初めて見たサーニャである。

毎度のこと毎年のこと、予定のない日は十数時間も睡眠を取っているだけに、プライベートは、異性の『い』すらない生活を目にしているのだから。

「だから、できることなら……ベレト様ともっと仲良くなりたくて……」

「でしたらそのような台本ではなく、ありのままのお気持ちを素直に伝えましょう。きっと大丈夫ですから。むしろその台本を使用する方が願いが遠のきますよ」

「じゃあサーニャ……。抱っこして」

なにかしら勇気を出す時はいつもこれ。

上目遣いのまま両手をこちらに伸ばし、『早く早く』と催促するように腕を上下に振る。

甘えん坊なばかりに、スキンシップの要求を飛ばしてくるアリアなのだ。

そして、頑張ると決めたのなら、このお願いを断りはしない。断るような考えは頭にもない。

「承知しました」

大きく頷《うなず》くサーニャはアリアに体を近づけ、腕を首に回すように誘導する。

そうして構えがすぐに整えば、抱きかかえながら耳元で呟《つぶや》くのだ。

「もしも上手に事が運ぶことがありましたら、このお役目がベレト様にお代わりすることもあるのかもしれませんね」

「っ‼?」

「男性ならば私よりも長い時間、アリア様を抱えられることでしょうし」

その言葉はアリアの心を大きく揺らした。

「ま、まずはお礼……頑張る……」

「私が慰めることのないよう祈っておりますよ」

「抱っこしてもらえたから、大丈夫……」

サーニャもまた耳元でアリアの言葉を聞くことになるのだった。

第二章　アリアの想《おも》い

——近づいてくる。

後光が差しているような公爵家の令嬢、美しいプラチナブロンドの髪を持つアリア・ティエールがどんどんと距離を詰めてくる。

（……）

ピンと姿勢を正し、気品のある歩き方をしているその人物は——。

「——今、ご都合よろしいですか？」

自分とエレナの目の前で立ち止まり、誰をも見惚《みと》れさせるような微笑《ほほえ》みで問いかけてきた。

「ええ、もちろん。先日はありがとうございました。アリア様」

「うふふ、とんでもないです。こちらこそ先日は晩餐会にご招待いただきありがとうございました」

ついさっきまでラフに話ししていたエレナは、もうそこにはいない。

すぐにスイッチを切り替えて、アリアと挨拶を交わし始める。

一瞬で二人の空間となったこの現場。

ベレトは口を結んで静観中だった。

普段からベッドの上でゴロゴロと、シーツに包《くる》まってイモムシのように過ごしているという『麗《うるわ》しの歌姫』。

（…………）

そんなアリアの裏の顔を知ってしまっていることで、大きな気まずさを心に抱きながら。

しかし、これは誰にも漏らしてはいけない。

『気まずく思われている』と悟られるわけにもいかない。

違和感なく接することさえできれば、暗闇の園庭で素のやり取りをした相手が自分だと悟られにくくなるのだから。

アリアからしても、素の自分を周りには知られたくないはずだから。

（とりあえず、挙動不審にならないように……。なんの違和感も持たれないように……）

そう気を引き締めた瞬間だった。

「……って、ベレトもほら、ご挨拶。先日顔を合わせたでしょ」

「あ、ああ……。うん」

気を利《き》かせてくれたエレナの促し。

この促しに合わせてアリアに目を合わせれば、ニコッと微笑んでくれる。

一般的に見れば優しいと言える対応。

しかしながら、感じた。

(め、目が笑っていないような……)と。

一瞬でもそう考えてしまえば、鳥肌が立ってくる。冷や汗までも流れる。

あの時の正体を隠し通せているはずなのに、絶対にバレてはいないはずなのに、なぜか嫌な予感がする。

そんな気持ちを抱えながら、挨拶を口にする。

「ア、アリア様。先日はその……ありがとうございました。ご挨拶等々、大変お世話になりました」

「繰り返しのお言葉になってしまいますが、とんでもございません。ご丁寧にありがとうございます」

会釈《えしゃく》をすれば、腰を折って上品に返してくれる。

(あ、目が笑っていなかったのは……気のせいだったかな?)

目をつけられていなければ、エレナと同じ対応をされるはずがない。

安堵《あんど》の思いで肩の荷が下りる。——が、それは本当に早計なことだった。

「また、わたくしの方こそお世話になりました。本当に……もろもろのことで」

「ッ」

ボソリと付け足した言葉。明らかに含みを持った言葉。

引き攣《つ》った顔のまま、会釈する頭を上げれば、満面な笑みの中で一瞬だけ眉を動かすアリアがいた。

『誤魔化されないからね～』

『ちゃーんとわかってるんだからね～』

『逃がさないからね～』

なんて『ね』の三段活用で言っているように……。

「ねえエレちゃん、唐突で申し訳ないのですが、少しだけベレト様をお借りしても構いませんか」

「えっ？」

「……」

この瞬間、ベレトは全てを悟った。

この話をするためだけに、アリアはわざわざこの学園に足を運んだのだと。

「実はベレト様に大事なお話がありまして」

「そうですよね、ベレト様」

「あ、はは……」

もう顔の引き攣りが取れない。

『もし断るようなことをすれば、どうなるかおわかりですよね？』という言葉が身に沁《し》みる。最上級貴族らしい圧がある。

これが絶対に敵《かな》わない爵位の差。立場。

身近で知る限り、たった一人のベレトの天敵。

「……えっと、エレナ。俺、そんなわけだからちょっと行ってくるよ」

「そ、それなら仕方がないわよね。わかったわ」

本当は行きたくない。全力で拒否したい。エレナに助けてほしい。

しかし、それが全てできないのが今である。

「それではベレト様、サーニャが予《あらかじ》め空き部屋を取っておりますからまいりましょうか。あまりお時間は取らせませんので」

「……は、はい」

この時、ベレトに幻聴が届く。

『誰にも聞かれない場所で、腹を割って話そうねえ～？』というような、アリアの素の口調で。

＊＊＊＊

「――それではベレト様、中の方に」

「は、はい……。それでは失礼します……」

サーニャが学園に申請してくれた一室。

談話ルームの奥に備えられた個室の扉を開け、侯爵家嫡男、ベレト・セントフォードを案内する。

「あ、せめて扉は自分に閉めさせていただけたらと……」

「いえいえ。わたくしがお招きしたことですから気になさらず。『平等に』という校訓もあることですから」

「で、ではお言葉に甘えまして……。あ、ありがとうございます」

腰を折りながら丁寧にお礼を言う彼は中に入った。

（よ、よしよ～し……！）

もしここで抵抗されでもしたら、対処のしようもなかったのだ。

素直に従ってくれる彼が奥に進むその背中を見ながら安堵する。

サーニャが手を貸してくれたのだ。学園生活を不便にしたくもないのだ。失敗は許されない。

（あとはちゃんと目的を果たせるように……）

そのために必要なことは一つ。

台本でしっかり書き記していたこと――。

閉じ込めるようにしっかり鍵をかけた瞬間。

『カチャッ』と施錠《せじょう》音が響き、肩をビクッとさせてこちらを振り向く彼がいる。

「え、えっと……」

「はいなんでしょう？」

ニッコリと得意な笑みを作る。

「鍵、お閉めになるのです……ね？」

「大変申し訳ありません。この扉を開ける方はいらっしゃらないと思いますが、念のために」

「あっ！　アリア様が謝罪をされることはなにも！」

「ふふ、そう言っていただけると助かります」

慌てている彼は感じているかもしれない。

発した言葉とは裏腹に、『逃げられては困りますから』という含みが言葉の端々にあると。

実際にそのような言い方をした。絶対に逃げられたくないという想いから、思わずしてしまった。

結果、彼にプレッシャーを与えてしまい、顔を引き攣らせてしまった。

正直なところ、こんな顔をされてしまうのは初めてのこと……。

（そ、そんなに怖がらないで……。わたしの喉をよくしてくれた恩人だから……。わたしの素を認めてくれた人だから……）

恐れさせるつもりはなかっただけに、大きな申し訳なさがどんどんと積み上がってくる。

早く本題に移らなければ、どんどんと彼を追い詰めてしまうだろう……。

もし台本通りのやり取りを選んでいたら、彼の寿命を大きく縮めていたのかもしれない。

最悪は嫌われていたのかもしれなかった。

「……さて、ベレト様」

「は、はい、なんでしょうか？」

「先日のご挨拶は先ほど終えましたので、僭越《せんえつ》ながら『大事なお話』に移らせていただくのですが――」

完璧な作り笑顔を浮かべながら、アリアは口を開く。

「わたくしになにか申し上げる、もしくは申し上げたいことがありますよね。ベレト様は」

「ッ……」

（よ、よしっ！　わたしもう頑張った……‼　あとはベレト様が正直に言ってくれるだけだよっ……！　言ってくれたら、『やっぱりバレちゃってたかあ～』って、わたし口調を崩すからねっ！）

今さらだが、あの台本は完成させることもなかった。

サーニャの意見を聞き入れて、回りくどい真似《まね》は最低限にした。時間を無駄にしないようにした。

そして、正しい選択ができたと思った。

相手に負担をかけずに上手にことを運べたのだから。

（わたしは覚悟……できてるからねっ‼）

心の準備は終わらせているのだ。目を大きく開けて、胸中の思いを訴える。

だが、そんな万全なアリアを驚愕《きょうがく》させることが、次の瞬間に起きてしまう。

「あ、あの……」

「はい！」

「大変恐縮なのですが、自分はアリア様に申し上げることや、申し上げたいことは特になく……」

「……え？」

「質問に質問を返してしまうのですが、このような場を設けられたのはアリア様ですので、アリア様が自分になにか尋ねたいことがあったりしたり……しません？」

「っ⁉」

想定になかったことが突如発生した。心の準備が無意味になってしまうような現象に襲われた。

〝先にツッコミを入れてもらってから〟ありのままの姿を露《あら》わにする手筈《てはず》だったが、こうなってしまうと話は変わる。

『自分の口から言うというのはさすがに……』というカウンターを完璧に食《く》らってしまう。

「え、あ、あの……。そ、それは……それは」

ずっとプラン通りに進んでいただけに、もう成功を確信していただけに、一瞬で頭が真っ白になる。

たくさんの観客の前で歌声を披露する時よりも、追い詰められる。これ以上にない動揺に包まれてしまう。

この解決方法はただ一つ。

自分が先にありのままの姿を見せることだが、『人前では完璧に偽る』ということを何年も続けていたのだ。

それが簡単にできたら苦労はしない。

「えと……そ、の……」

目の中をうずまきのようにさせてなにも考えられなくなるアリア。

「うぅ……。で、ですから……その……」

それでも……あの時のように、素を認めてくれた相手とありのままの姿でやり取りをしたいからこそ、『アリア様が自分になにか尋ねたいことがあったりしたり……しません？』の言葉を認める。

「あ、ある……ます」と。

頭の中も心の中も一杯一杯で余裕がなかったからこそ、素の口調と偽った姿の口調を混合させたものを。

「……」

「……」

無論、これに誰よりも早く気づいたのは言った本人。

「ぁ、ぁ……ぁ……」

今まで人前でこんなセリフを出すことなんてあるはずもない。

そんなセリフを心から仲良くしたいと思う相手に聞かれてしまった。

顔から火が出そうなほどに体が熱くなるアリアは、もうこの空気に耐えることができなかった。

両手で顔を覆い、視界を遮ることで少しでも早く平常心を回復させようと努めることを選ぶのだった。

＊＊＊

『ある……ます』

ベレトの耳に届く『麗《うるわ》しの歌姫』らしからぬセリフ。

さらには両手で顔を覆い、悶《もだ》えているように縮こまっている年相応のアリアを見て――。

ことだ。


「ぷっ」

ベレトは噴き出してしまった。

二人きりの場に連れてこられたこと。

『わたくしになにか申し上げる、もしくは申し上げたいことがありますよね』と促された
この二点から園庭で話した相手だとバレていると察したのだ。

今の反応から、怒られるようなこともないとわかったのだ。

「いやぁ、本当にすみません。なかなか勇気が出ずに委ねるようなことをしてしまって……。園庭でも本当にお世話になりました」

「ほ、ほほほ本当にそうだよっ！　考えていたプランと全然違ったんだからね‼　あなたの前で丁寧に振る舞うのすごく恥ずかしかったんだからっ」

「あはは、こちらとしてもいろいろ思うところはあったのですが、やはり複雑なものがありまして」

ついさっき、『立ち回り一つ間違えるだけで一家どころか家名破滅もの』と、エレナから聞かされていた。

確信が持てない限りは慎重に行動を取らざるを得なかったのだ。

「一つ疑問があるんですけど、園庭で話した相手が自分だとよくわかりましたね？　確信があった行動だと思いますし……」

「サーニャと一緒に照らし合わせることができたから」

「や、やっぱりあからさまでした……？」

「わたしの喉の心配ができるの、園庭で話した人しかいないもん」

ピンク色の綺麗《きれい》な目を細め、ふわふわとした雰囲気を纏《まと》いながら伝えてくる。

顔や立場が明らかになった姿でラフに話すのは初めてのことだが、あの時と変わらず親近感を抱く。

「あ、あのね……？　喉のケアのアドバイス、すごく効果あったの……。本当の本当にありがとう……」

「あっ、それを聞けて本当によかったです。アリア様のことあの後も心配していたので」

「ふふっ、わたしの素《こと》知ってるのに変な人……。完璧な姿じゃないと、みんな嫌なはずなのに」

周りから求められてきた姿を忠実に守ってきた影響だろうか……。

本音が伝わってくると共に、『自分を認めてくれた』という嬉《うれ》しさが溢《あふ》れんばかりに伝わってくる。

「スイッチを入れたアリア様は確かに完璧ですけど、自分は今のアリア様の方が好ましいですよ」

「うっそだ～」

なんて否定しているものの、わかりやすいほどのほくほく顔。

『園庭で話した相手』という事実があるからこそ、おべんちゃらを言っていないというのはちゃんと伝わっている様子だった。

「嘘《うそ》じゃないですよ。アリア様が一番わかってると思いますけど」

「じゃあ嬉しいなあ～」

華奢《きゃしゃ》な体を左右に動かしながら、言動で素直な気持ちを伝えてくる。

この様子だけを見ると、壇上で神秘的に歌っていたご令嬢とは本当に似ても似つかなく、『この姿に悪い感情を抱く方が少数派なのではないか？』と思うベレトだが、この意見こそこの世ではごく僅かなのだろう。

「これは当たり前のことですが、アリア様のバツの悪いことは誰にも口外しないので安心してもらえたらと思います。現に誰にも言いふらしたりしてないので」

言いふらしてもなにも得はない。相手が嫌がるようなこともしたくない。

「本当にごめんね、変なことで気を回させちゃって……。こればかりは家庭の事情で～」

「理解してるので気にしないでください。……あ、その代わりと言うのはなんですが」

「うん～、なにか欲しいものがあれば遠慮なく教えてね！　言葉だけのお礼はあのアドバイスに釣り合わないもん」

『これだけは伝えたい』との想《おも》いで真剣な面持ちに変えれば、大きな勘違いを始めるアリア。

　今までにそのような経験を多く体験したがゆえの発言なのかもしれないが、そんなことを考えてはいない。

　おねだりするつもりもさらさらなかったベレトだが——この時、いいことを思いついた。

　その気持ちのままに、笑顔を浮かべながらアリアに伝えるのだ。

「ではお言葉に甘えて……。本当に無理だけはしないようにする、ということで自分にお礼をください。アリア様」

「っ！」

「そして、いつの日か完璧なコンディションの時に歌を聴かせてもらえたらと思っています」

「え、えええ……」

公爵という家系に最大限の貢献をさせるため、スケジュールの鍵を握られていることはわかっている。

『無理をしない』という要求が不可能に近いこともわかっている。

でも、言うだけならタダなのだ。言っても損がないなら、ダメ元でも言ったほうがいい。

だからアリアの目をしっかり見て伝えたベレトである。

「そ、そんなお礼を求められたのは初めてだから……。こ、困っちゃうよ……」

「はは、エレナによく言われてますから。『変わってる』って」

ただ、軽口を叩《たた》くのはここまで。

先ほどのお礼の内容を冗談だと捉えられるわけにはいかないのだ。

「サーニャさんと同じくらいアリア様のこと心配しているんですからね、自分も」

「あ、ありがとう……」

目を伏せて、声をどんどんと萎《しぼ》ませていくアリア。

自分ではどう対処しようもできないだけに、気持ちを強く込めすぎてしまったベレトだった。

「無理のないように……頑張るね」

「約束ですよ？」

「うん……」

「でしたらよかったです」

これは――破られてしまう約束になるだろう。

『無駄なやり取りをして』と、呆《あき》れる人もいるだろう。

それでも『味方がいる』と伝えたかったのだ。

「こ、これ……喉を壊しちゃったらあなたに怒られちゃうなあ」

「いえ、怒ることは絶対に」

「そう……なの？」

「その時は『本当によく頑張りました』と、伝えたいばかりですから。って、これは最悪のケースなので、絶対に言いたくないですけど……ね～？」

重たい空気になるのは避けたいこと。

急遽《きゅうきょ》アリアの口調を真似《まね》て伸ばした語尾で返せば、効果は覿面《てきめん》だった。

「ふふっ、似合ってな～い」

「そ、そう言われるのが一番恥ずかしいですね……。はは」

人の真似をするのは苦手なのだ。

その自覚を持っているだけに、頬を掻《か》きながらどうにか羞恥を堪《こら》える。

その矢先、アリアは口を再度開く。

「本当……みんなが一途《いちず》になるのもわかるなあ」と。

「え？」

「エレちゃんにルーちゃんに専属のシアちゃん。この三人はあなたの恋人さんでしょう？」

「ど、どうしてそれを知ってるんですか⁉」

誰にも言っていなかったことを言い当てられたのだ。

こう驚くのも無理はない。

「もちろんいろいろな理由があるんだけど、あの晩餐《ばんさん》会でわたしが歌っている時、三人だけあなたのことを見てたのが決定的だったかな。大好きな気持ちを抑えきれてないぞ〜って。晩餐会が終わったら想いを伝えるんだろうなあ〜って」

「……」

これは自分自身気づいていなかったこと。

「そして、今日のエレちゃんを見てルーちゃんとシアちゃんもかなって思って」

「そ、そんなにわかりやすかったですか……？　自分では特にそんな風には感じなかったんですが……」

「わたしが見た限りはわかりやすかったよ。あなたに向けるエレちゃんの目が全然違かっ

「たもん」

「それは嬉しいようなむず痒（がゆ）いような……」

　特別に思ってくれているとわかるような情報。無意識に髪に手を当ててしまうベレトである。

「エレちゃんがあんな風になるのは今まで見たことがなかったから、本当に夢中なんだと思うな～」

「ま、まあ呆れられることも多いですから、そっちの可能性もありますけどね……？

『また変なことして』って感じで」

「あ～。それはちょっとあなたらしいかも」

「え⁉」

「ふふ、失礼をごめんなさいっ」

両手を頭の上に当ててあざとさに溢れる笑みを作るアリア。

周りの目がある時には絶対に見せない表情だろう。実際に初めて見たその表情に思わず目を奪われそうになる。

「……こんなことを言ったの、あなたが初めて」

「スイッチを入れてる時には言えないことですもんね」

「んー、それもあるけど、言える相手がもともと限られるから。あなたみたいに優しくて、心に余裕があって、寛容な方じゃないと不快にさせちゃうもん」

「アリア様にそう言ってもらえると嬉しいです。ちなみに言ってみた感想はどうですか？」

「すっごく幸せだよ～。わたしの家庭は特に厳しいから、冗談を言ったり、言われたりする関係に憧れてて……。それこそパーティに参加させてもらった時は周りのみんなを毎回羨ましく思うくらいだもん」

「はは、それは初耳です」

高貴な身分であり、『麗《うるわ》しの歌姫』として名を馳《は》せているだけに、冗談を言ってくれる相手もいないのだろう。

非の打ちどころがない姿を完全に作っているなら、なおさらのこと。

ベレトもアリアの素に気づいていなかったら、適度な距離を保ってやり取りをしていた。

ラフな口調を使うこともなかっただろう。

「あの、アリア様がよかったら、さっきのような言葉を言ってもらって大丈夫ですからね。時には自分も同じように返させていただけたらと思います」

「……本当、素敵な人」

「そ、その褒められ方は本気で照れますね……」

「うふふっ、そんなに照れられるとわたしまで恥ずかしくなっちゃうよ」

「本当慣れてなくって……はは」

素直に受け取った結果、こそばゆい気持ちに襲われる。だがしかし、ポカポカと心が温まる言葉をしっかり受け止める。

「ねっ、あなたに一つ……聞きたいことがあって」

「聞きたいこと、ですか？」

「うんっ。お話が変わることでもあるんだけど――」

ここで上体を前のめりにして上目遣いを。

次の話題を作って言葉を続けるアリア。

「――えっと、ね？　これは特に深い意味はないんだけど……あなたはこれ以上、恋人はいらないとか考えてたりするのかな？」

「本当に話が変わりましたね⁉」

「ふと気になって～」

このように聞かれるとは予想もしていなかったこと。動揺するベレトとは対照的に、神妙な面持ちを貫いている。

「え、えっと、そうですね……。それはなんと言いますか、あの……現状、作ることは考えられないです」

「……………そっかあ。それは家庭の取り決め？」

「いえいえ！　そんな格式張ったものではなく、ただの自己判断です。これは恥ずかしい話なんですけど、自分は友好関係が狭いもので……」

「ほえ？」

「そ、それこそ仲のいい異性は恋人の三人以外いないですし、一人一人を大切にできるかっていう心配もあって……。その他にもエレナやルーナやシアの全員と仲良くできる相手に限られますから」

「ほ、ほうほう……」

アリアから頓狂な声が上がったのは、『恋人同士の相性を考える』というのは貴族らしい考えではないからだろう。

このような反応が返ってくるのは予想できていた。

「じゃあ……恋人さんを抜きにした異性で考えたら、あなたと一番仲がいいのは……わたしになる？」

「自分の中ではそうなるくらいで……」

「っ、ふ、ふ～ん。なるほどなるほど……」

この学園で誰よりも人気があり、友好関係も広いだろうに、口元を緩めて満更でもない様子を見せてくれる。

呆れられたり、引かれたりすることも頭の片隅で考えていただけに、この反応は本当に嬉《うれ》しく思うこと。

「まだ関わって間もない関係ではありますけど、アリア様のことは本当に好ましく思ってます。……って、こう思わない人はそういないですよね、あはは。なんか当たり前のことを言ってしまってすみません」

「——こちらの姿でしたら、確かに多くの方々に好ましく想《おも》っていただけている。という自負はございますね」

「ちょっ！　いきなりスイッチ入れないでくださいよ……。本当に身構えてしまうんですから」

「ふふふっ」

雰囲気や口調、声色を変えた瞬間、『公爵家』のオーラがブワッと浮かび上がってくる。

あんなに早く切り替えられるものなんだと驚かされつつ、やはり話しやすいのは、素のアリアだと改めて思う。

「でもビックリだなあ。あなたの友好関係もそうだけど、一人一人のことを考えた恋人の作り方には」

「あまり納得されない考え方かなとは思ってます」

「間違いないだろうね～。恋人は多ければ多い方が有利に働くものだから、制限をかけることはマイナスになることだもん」

ベレトからすれば本当に不思議な価値観だが、言わんとすることはわかる。

「じゃあ……もし次の恋人をあなたが作る場合は、エレちゃんとルーちゃんとシアちゃんの三人と仲良くできる人で、みんなを大切にできるっていう自信があなたに持てたら、なんだ？」

「はい。頑固な考えですけど、これだけは譲れないので」

「真摯で素敵な考えだと思うよ、わたしは。その前提で作っていたら、どこかの誰かさんのところみたいにギスギスして、周りを出し抜こうなんて考え方にもならないだろうからね～」

「アリア様がそう言うと説得力がすごいですよ」

「でしょ～」

冗談交じりに口にすれば、嬉しそうに認めるアリア。

『どこかの誰かさんのところ』が誰を指しているのかは、彼女の家庭環境を知っているだけに聞かずともわかること。

「……でも、ありがとうございます。同意してくれて」

「どういたしまして」

複数の恋人を持つなんて思いもしなかった。

自分の中でなにが正解か見つけられてもいないが、『この関係になってよかった』と思ってもらえるように考えたことなのだ。

だから、共感してくれたのは本当に嬉しかった。

「でもまさか、自分とここまで似た感性をアリア様が持っていたとは思いませんでした。偉い身分であればあるだけ、貴族らしい考えを持つのかなって」

「そこはサーニャがいたからね〜。サーニャだけはわたしのことを、わたしらしさを尊重してくれたから、周りに染められることもなくって」

「あっ、なるほど」

「でも、サーニャ以外はそうじゃない環境だから……変に歪《ゆが》んじゃったところはあるかも」

「そ、それ暗に俺のことも変に歪んでるって言ってません？」

「うふふ、バレちゃった」

さっき似ていると話したばかりなのだ。

アリアが自虐するようなことはベレトにも返ってくる。

「周りと合わないから挨拶も大変だよね？」

「自分はそう感じないですよ」

「そうなの!?」

「自分はアリア様と違ってパーティに参加すること自体少ないですし、挨拶は自分ではなく、専属のシアに流れますので」

「うわ～」

「ははっ、アリア様と少しでも同じ立場になった時には、自分もそう感じるようになるとは思います」

挨拶をしてくれただけで嬉しいと感じる今なのだ。

これが当たり前のことになったら、『周りに合わせる』という負担がきっと出てくるはずだ。

「じゃあ次にあなたとご一緒する時には絶対に巻き込んじゃお」

「友達のよしみとして、そこはそっとしてもらえたらと……」

「や～だ」

「『や～だ』じゃないですからね、本当……」

その時の状況を想像するだけで恐ろしくなる。

思わず身震いしてしまう。

ただ──。

「もし巻き込む場合には、どうしても辛《つら》くなった時にお願いします」

「……その下げて上げるやり方、ずるいと思う……」

「どっちの気持ちも本心ですから」

瞳を揺らすアリアに堂々と言い返す。

できることならば、巻き込まれたくない。

でも、アリアが負担になっているなら助けに入りたいのだ。

「ふ、ふ～ん。じゃあそんな優しいあなたにはもうワガママ言っちゃおうかな」

「ワガママ……ですか？」

「うん。話は戻っちゃうんだけど、わたしが喉を壊しちゃった時……『本当によく頑張りました』って褒めてくれるんだよね？」

「その褒め方は一番したくないですよ？　本当に」

「わかってる……。だからね？　もしわたしがこの学園の卒業式まで喉を壊さないように頑張ることができた時は、二人きりになれる時間を作ってほしいな～なんて」

「自分と、ですか？」

「あなたと」

ベレトが呆《ほう》けた顔で自身を指差せば、丁寧な指差しでさらに示すアリア。

どんなワガママを求めてくるのかと気構えていたが、蓋を開けてみればこれ。

『ワガママとは言えないもの』なだけに、逆に困惑してしまう。

「逆にそんなことでいいんですか？」

「もちろん！」

「でしたらもちろん大丈夫ですけど、アリア様と二人になれるというのは、自分のご褒美《ほうび》になっているような……」

「ありがと～。これは本当にわたしがそう思ってることだから」

「わ、わかりました。ではこれも約束ということで」

「うんっ、約束で！」

話も完結したその時、ぽわぽわした笑みを浮かべるアリアが、小さな両手を差し出してくる。

『よろしくね。忘れないでね』というように。

求められていることに応えるのは少し恐れ多くもあるが、こちらも両手を差し出して握手を交わす。

「……」

「……」

すっぽりと収まるアリアの手。すべすべとしたきめ細やかな肌。

そちらに意識を取られてしまいそうだが、すぐに首を振って雑念を払う。

「アリア様、なにか困ったことがあればいつでも頼ってくださいね。自分にできることがあれば全力で協力しますので」

「本当にありがとう……。すごく、嬉しい……」

包んだ手が一度だけぎゅっと動いた。一度だけ大きな力が込められた。

そして——手を離れる。

「う、うん！　それじゃあ時間も時間だからそろそろ教室に戻ろっか。これ以上はお互い変な噂《うわさ》も出てきちゃいそう」

「はは、それもそうですね。あ、次は自分が扉を開けますね！」

「ふふ、抜け目ないなあ～」

「やられっぱなしになるわけにはいかないので」

見せかけの言葉でもない。

すぐに足を動かして、アリアに取られないように急いでドアノブに手をかけたベレトである。

その瞬間だった。

「ベレト様、最後に無理難題を申します」

「ッ！　な、なんでしょう？」

背中からかけられた声は、アリアの素ではなく、スイッチを入れたもの。

「学園の卒業式までにはみんなを大切にできるという自信をお持ちになるよう、お願いいたしますね」

「……え」

ベレトが目に入れるのは、堂々としながらも絡《から》め合わせた両指先をもじもじと動かしているアリアだった。

第三章　エレナ、ルーナの想《おも》い

「ベレトってば本当に天才よね」

「て、天才？」

「……あたしをモヤモヤさせる天才。あなたのせいでもう授業に集中できないわよ」

「あ、はは……。その件は本当ごめん」

今現在、一時間目の授業中。

ベレトは隣に座るエレナから不満の目を向けられながら小声で謝っていた。

「一体いつからアリア様に大事なお話を促されるくらいに仲良くなったのよ……。さすがにその手の早さは不安になるわ」

「それはなんて言うか、ちょっといろいろあって……」

「で、二人でなにを話していたのかも言えないと」

「うん……」

『アリアの素を知ってしまったから』というのは絶対に言えないこと。

雲の上の人物と距離が縮まったのは間違いなくコレでもあり――彼《か》の『麗《うるわ》しの歌姫』は、

自身のイメージに沿うように最前列で授業を聞いている。

「はあ、まあいいわ。……本音を言えば無理やりにでも教えてほしいところだけど、言えないことは無理やり言わせられないものね」

「そう言ってもらえると助かるよ」

誤解されても仕方がないが、後ろめたいことはなにもしてないが、隠しごともしたくないが、アリアのために隠さざるを得ないのが現状。

ここはエレナの優しさに甘えるしかなかった。

「ただ、この埋め合わせは絶対にしてちょうだいよ。あなたと話していたのに、いきなり置いてけぼりにさせられたんだから」

「逆にそうさせてほしいよ」

「ふんっ、じゃあチクチク言うのはもうやめてあげる」

「ありがとう」

一旦はモヤが取れたのか、姿勢を正して授業を聞く体勢を取ったエレナ。

そんな彼女の横顔を無意識に見てしまうベレトは、心の底にあった本音がポロリと漏れた。

「でも……モヤモヤしてくれて嬉《うれ》しい」

「なに？　あたしに喧嘩《けんか》を売っているのかしら」

「そういうわけじゃないって……」

　ピクッと眉を動かし、怪訝《けげん》な声や表情を見せてくるエレナに、思わず大声を上げてしまいそうになる。

　からかうつもりもなかったベレトなのだ。

「ただ……その、意外だったというか」

「本当、なに寝ぼけたこと言っているのよ……。告白したのはあたしの方なんだから、あなたとの時間が減ったら思うこともあるに決まってるじゃない。それがどんなに仕方がないことだとしても」

「……そ、そっか」

　なんて納得の返事をするものの、状況や物事をしっかりと割り切って考えることができるエレナなだけに、本当に意外に感じること。

「そもそものお話、関係が変わって間もないのだから敏感にもなっちゃうわよ。人目を避けるように移動したわけだし、あなただってあたしが色男と二人でお話に出かけたら嫌な気持ちにもなるでしょ？」

「自分の場合は嫉妬するよ」

「え？」

「心が狭いことを言うんだけど、晩餐《ばんさん》会の時、男に囲まれてるエレナを見てどれだけモヤモヤさせられたかってくらいだし」

「ふふ……。さすがにそれはカッコ悪いがすぎるんじゃないかしら。ただの挨拶なんだから」

「だから『心が狭い』って前置きしたのに……」

ここは貴族社会なのだ。

夜会に参加すれば、数多くの参加者——異性と話すことは定番中の定番。

一対一で話すことだって、時に大事な人が別の男性にエスコートされることもある。

無論、これぱかりは慣れるしかないこと。慣れなければいつか鬱陶しく思われてしまう可能性もあること。

「まあ束縛を強くされると困るところもあるけれど、その気持ちは個人的には持ち続けてほしいわね」

「……カッコ悪いのに直さない方がいいの？」

これはベレトだって同意するところ。気を遣われたのではないかとの心配から聞き返したことでもある。

「だって平気な顔をされたらされたでムカムカしちゃいそうだから。それならあなたがカッコ悪い方がマシよ」

「な、なんだそれ」

「…………あと、一番にわかりやすいのよね。『特別な人』としてあたしを見てくれているって」

「長い間があったから、断言したくなるレベルで後づけに感じたんだけど……」

「さあどうでしょうね。あえてそう思われるように言った可能性もあたしの方からは提示しておくわ」

「答えがわからないからモヤモヤする」

「あたしと同じ気持ちを味わいなさいよね」

「……了解しました」

これには言い返す言葉もない。

実際に狙い通りだったのか、横目で目を合わせてくるエレナは、微笑を浮かべた後に視線を正面に向けた。

そして、『話はもう終わり。授業に集中するから』という態度を作ったかと思えば、そのまま声をかけてくるエレナがいた。

「……ねえベレト、あたしが言うようなことじゃないけど、お昼休みはちゃんとルーナに会いに行きなさいよね。楽しみに待っているでしょうから」

「うん、しっかり顔を出しに行く予定だよ。エレナは？」

「あたしはアリア様とご一緒できたらご一緒して、もし埋まっていたら別のお友達と過ごす予定ね」

予《あらかじ》め決めていたのだろう、言い淀《よど》むこともなくスラスラと伝えてくる。

「ちなみに二人でルーナに会いには……いかない？」

「いかない。今日は関係が変わって初めての学園なんだから、二人で会いたいに決まってるじゃない。それにあなたと二人で話しながら、出会って間もない頃のこととかゆっくり思い返したりしたいはずよ」

「ま、まあそれはそうかもだけど……」

「あたしのことを気にかけてくれるのはもちろん嬉しいけれど、本当に気にしないでちょうだいね。その行動になにも不満はないし、あなたと違って一人で過ごすことは絶対にないんだから」

予定というのは、まだ確定されたものではない。

『もし予定が作れなかった時には一人にさせてしまう』

という心配をしていたベレトだったが、余計なお世話だった。エレナには全てお見通しだったようだ。

「じゃあ……わかった」

「もしルーナにあたしのことを聞かれた時は、『エレナは別の予定が入ってて』って言っておいてくれると助かるわ。ちゃんと話も合わせるから」

「そう言っても絶対見破ってくるけどね？　ルーナのことだから」

「それは言わないお約束でしょ。なんでそんなに野暮《やぼ》なこと言うのよ」

「はは、ごめんごめん」

ベレト同様に仲良くしているエレナなのだ。

これは当然とも言える共通認識だった。

「あとはその……本当にありがとね、エレナ。立場関係なく自分以外のことまで考えてくれて」

「はあ。別にお礼を言われるようなことじゃないわよ。あなたより好きだもの。ルーナの方が」

「そう言うところエレナらしい」

「……バカ」

思ったままのことを伝えれば、ボソッと文句を漏らすエレナ。

照れたようにそっぽを向きながら、「本当にバカ……」と、さらに追撃をしてくるのだった。

「そんなに言わなくても」

「……ふ、ふんっ。とりあえずそんなわけだから、あたしの代わりにちゃんと楽しませてきなさいよね」

「そう託されるとプレッシャーがすごいけど……いい報告ができるように頑張るよ、本当に」

「是非そうしてちょうだい。……もしあたしにその報告ができた時はちゃんとご褒美《ほうび》を用意してるから」

「え？」

続けて『どんなご褒美をくれるの？』という問いかけをベレトがしようとした瞬間だった。

「ッ！」

ほんの一瞬である。

教授にバレないように、クラスメイトにバレないように、自分の手に指を絡《から》めてくるエレナがいる。

「ちょ、エレナ……。授業中……」

「わかってるわ。だからもうしないわよ」

その指を離しながら言葉を一度切って。

「でも」

今度は小悪魔な笑みを見せながら、言った。

「……ご褒美、期待できたでしょ？」

頑張れるような餌を撒《ま》くように——。

＊＊＊

その後、学園の鐘が何回鳴っただろうか。昼休みに入った時間帯。

ベレトは早足で図書室に向かい、中に入室していた。

時間が経《た》てば経つだけルーナと関わる時間が減ってしまう。

できるだけ早く見つけようと、周囲を見渡しながら足を数歩動かしたその矢先だった。

「ベレト・セントフォード。わたしはここです」

「え？」

聞き慣れた声が耳に届く。

半ば反射的に声が聞こえた方向に首を回せば——司書室のドアの隙間から綺麗《きれい》な顔を半分覗《のぞ》かせているルーナがいた。

いつも読書スペースにいるか、本棚を漁《あさ》っている彼女なだけに、この状況を理解するのは大変難儀なもの。

『なぜ？』と言えるような状況。

「えっと、ルーナはなにしてるの？　見るからに怪しい人から隠れているようなことしてるけど……。ッ、もしかしてこの場にいる？」

点と点が繋《つな》がり、ハッとする。

すぐに声を落として警戒を強めれば、安堵《あんど》する言葉を聞く。

「いえ、そうではありません。ですがこれには事情がありまして。とりあえずあなたも司書室に入ってもらえませんか。以前と変わらず中にある書類に触れないようにしていただけたら大丈夫なので」

どこか焦《あせ》りが窺《うかが》える早口に、また要領を得なくなってしまう。

「ちなみに司書さんも昼食を食べに向かいましたので、今はわたし一人です。気を楽にしてください」

「じゃあ中で話を聞くね？」

「ありがとうございます」

コク、と頭を下げた後。

少し力を入れるように「んっ」と可愛《かわい》らしい声を漏らして、ドアを開けてくれるルーナ。

そのドアを押さえながらベレトも司書室に入り、『ガチャ』と閉まる音が響いた時だった。

「今朝ぶりですね」

「あ、ああうん。今朝ぶりで」

「……嬉《うれ》しいです」

目を細めながら駆け寄り、早速と言わんばかりに、何事もなかったように挨拶を始めるルーナがいる。

「ありがとう。そう言ってくれると顔を出した甲斐《かい》があるよ」

「あなたも……嬉しく思っていますか」

「ルーナと会えて？」

「はい」

またコクリと頷《うなず》いた。

ここで『さあどうだろう？』なんてからかった後の反応を見てみたくもあるベレトだが、勇気を出して聞いた表情に見える。

その行動はきっと正しくないだろう。素直な気持ちを伝えることにする。

「もちろん嬉しいよ。って、これは今も昔も変わらないよ」

「わたしが聞いた以上に嬉しいことを言うのは困ります」

「はは、それは失礼しました」

真顔で言うルーナを見て、笑いが溢《こぼ》れてしまう。

また、さっきまでエレナと関わっていただけに、二人のタイプが違うことを改めて実感する。

「それで気になってたことなんだけど、さっきはなんで覗いてたの？　ルーナのあの行動は初めて見たから。……あ、もしかして聞き方が悪かった？　怪しい人がいるわけじゃなくて、怪しい人が一度入ってきたみたいな」

「心配ありがとうございます。ですが、本当にそういうわけではなく」

「そ、そうなんだ？」

「授業後のことになるのですが、わたしに声をかけてくる方や、覗きにくる方が増えていました、居心地が少し悪くなっているのです」

「あ、あぁ……」

先日の晩餐《ばんさん》会から、今朝は人目につく噴水前に姿を見せて楽しく会話をしたのだ。

『本食いの才女』の堅苦しいイメージが崩れたのは確かだろう。

そして、美麗で不思議なオーラを持っているルーナが表立ったことで――心惹《ひ》かれた人や、気になり始めた人が増えるのは自然のこと……。

さらに身分が低い貴族というのは、ただでさえちょっかいを出されやすいもの。

異性から格好の獲物となっていると言っていいかもしれない。

「でも……あれ？　以前から挨拶にくる人とかいたんじゃなかった？　それでも相手にせずに読書に集中してたみたいな」

彼女と関わった当初の記憶をたどり、前例があったことを思い出す。

「確かにその通りではあるのですが、今はもうどのような声かけにも応じるようにしましたので」

「えっ？」

「この選択をしたわたしのせいだと指摘されたならば反論もできませんが、その結果、読書に集中ができず、居心地が悪くなり、今に至ります」

「……な、なるほど？　でもまあ慣れないことを始めたら、最初はそうなったりすると思う」

さすがのルーナだ。簡単ながらもわかりやすい説明をする。

ただ『居心地が悪い』理由に、『口説かれるから』なんて理由もきっとあるはずだ。

「ちなみに声かけに応じるようにした理由って？」

「………………」

「あっ、言えないなら言えないで大丈夫だよ。責めてるわけじゃなくて単に気になっただけだから」

無言が返ってきたことで察した。

エレナが自分にしてくれたように、追及することはしない。それがどれだけありがたいことなのかもわかっているのだから。

ただ、大好きな読書の時間を削ることを覚悟で、一人一人対応するようにしたというのは、なにかしら大きなキッカケがあったのは間違いないだろう。

いつか教えてくれることを願って話を変えようとしたその時だった。

「いえ……言います。ただ少しだけ恥ずかしいというだけですから。それに『新しいパートナーを探している』なんて誤解を与えたくありません」

ルーナの想《おも》いはちゃんと受け取っている。

彼女のことを信じてもいる。

『新しいパートナーを探している』なんて考えてすらなかったことで、『そんな誤解はしない』というのが本心だが、口を挟まずルーナの意見を尊重することにした。

「そ、その……読書の時間を割いてでも、一人一人応じるようにした理由は単純なことです。……わ、わたしに大切な人ができたからです」

「えっと、つまり?」

「読書を優先するという行為は、時に相手からの印象を悪くするものです。実際に悪口や陰口を言われることもありました。積んでいた本を崩されるというような憂《う》さ晴らしをされてしまうこともありました。そして、今までの行動は全てわたしだけに影響が及ぶものでした」

「……」

ルーナの口から発せられる内容は自分が知る由《よし》もなかったこと、共感できないことばかり。

言葉を間に挟むことができなかった。

「ん」

「ですが、あなたと交際を始めた今は違います。普段の行動により一番迷惑をかけたくないあなたや、その周りに迷惑をかけてしまう可能性があります。わたしへの陰口や悪口を耳にする可能性もあります……。これは身から出た錆《さび》なので調子のよいことを言っていますが、それだけは絶対に避けたいことでした」

——その言葉のままに、今までは読書が第一優先のルーナだった。

たくさん読書ができるならば、趣味に多くの時間を使うことができるならば、自分の評判は気にしない。

周りからどう思われたって構わない。そんなスタンスでいた。

しかし、今は違う。

読書ではなく、ベレトという一番に優先したいものができたからこそ、今までの前提が変わってくるのだ。

「……加えてですが、相手に応じることで口下手なことや、非社交的な性格を直す練習にもなると考えました。それはあなたに褒めてもらえることだと思いました」

「そして行動に移した結果、頑張りの限界もきて、安全な司書室《こ》に避難することになっちゃった？」

「返す言葉もありません」

ていた。

「なるほどね」

説明してもらった内容と今の返しから、全て理解した。

司書室から覗いていた理由がさっぱりだったが、こう聞いてみると理に適《かな》った行動をしていた。

「……本当に情けなく思っています。すみません」

「いやいや！　そんなに落ち込むことないって。今朝も言ったけど、自分のペースでいいんだから」

「ありがとうございます。その言葉、改めてお聞きしたかったです」

「ならよかった」

表情が少し柔らかくなった彼女に笑みを返すベレト。

「それにさ、褒める褒められることってその他にもたくさんあるから、不得意なことは焦らずゆっくりで大丈夫だよ。口下手だからってなにか問題があるわけじゃないんだし、もし仮に陰口とか聞くようなことがあっても、『ルーナらしいことしてる』ってみんなで笑わせてもらうしね」

「あなたが一番最初に笑う未来が見えますよ」

「あはは、それは間違いないかも」

ここでベレトは嬉《うれ》し笑いを。

好きなことを優先したがゆえの陰口は、ルーナがその人物に対して心を開いていないから起こること。

エレナも言っていたが、自分が特別だと思えるようなことには嬉しくなる。

「ただまあ真面目な話をすると、俺と付き合ったせいでルーナに好きなことをさせられないのは嫌だよ、やっぱり」

「ズルいですね。その言い分は」

「本心だから仕方ないよ」

ルーナが笑ってくれたおかげで、空気も明るくなる。

「……恋愛というのは本当に難しいものですね。相手のことを考えるばかりに、壁に当たってしまうことがあります。早く直したい、早く直さないでいい、というような意見がぶつかることもあります」

「それもまた面白くない？」

「はい。そう思います」

適当に付き合っていたら起こり得ない悩み。

それを理解しているのか、どこか嬉しそうにしているルーナである。

「では、あの……折衷案を出してもよいですか」

「お、なになに？」

「焦《あせ》らずゆっくりというお言葉に甘えて、まずは全員に対応するわけではなく、限定的な形でお話をする形を取りたいです。これではご迷惑をかける場合も、『つまらない女』等の言葉が耳に入る場合もあるかと思いますが、読書に集中することができますし、口下手を直す練習も続けられます」

「俺は全然大丈夫だよ。むしろ全員を一生懸命相手にした結果が今なわけだから、これ以上にない案じゃないかな」

「ありがとうございます」

「いやいや」

『そんなに丁寧に頭を下げなくても……』と、ツッコみたくなるお辞儀をするルーナだが、それだけの感謝があるということなのだろう。

その気持ちをしっかり受け取ると共に、まだ言えていないことが一つ。

「ちなみに、ルーナが許容できないレベルで嫌がらせをしてくる相手がいたら遠慮なく俺に教えてね。話、させてもらうから」

「ふふ、顔が怖いですよ」

「だ、だって積んでた本を崩されたって話……本当酷《ひど》くない？　未《いま》だにモヤモヤしてるよ」

やられたことは『軽い』と言えるかもしれない。

『こんなことで目くじらを立てて……』と、呆《あき》れられることなのかもしれない。

ただ、大切な人が攻撃されたのは事実で、ルーナが口にしたのはほんの一例とも言える。

別の方法で憂さ晴らしをされたこともあるはず。

眉間にシワが寄ってしまうのも仕方がなかった。

「そのお気持ちは嬉しいですが、わたしが全面的に悪いですから。この身分であるのにもかかわらず、角が立つことをしていますから。投げかけられた言葉がどんなに不快な内容だとしても、一言一句答えなければならないのがわたしの立場です」

「はあ……。平等って校則があるのに……」

「実際には名ばかりの校則ですから。あなたが変わっているのですよ」

そう言われたらなにも言い返せない。

「ですが、あなたのお気持ちは本当に嬉しく思っています。最悪の時には恋人権限としてあなたに守ってもらいますね」

「迷惑とか気にせずに気軽に甘えてもらっていいからね？　この関係になったからこそ、

遠慮なく接してほしいって思ってるし」

「わたしに気を遣っていませんか」

「もちろん」

「では今のお言葉、訂正はしませんか」

「訂正する意味もないよ」

「そう……ですか」

「なにか気がかりでもあった？」

二度にわたっての確認に、自身を納得させるような返事。なにかがあるのは間違いないだろう。

首を傾《かし》げて次の反応を窺《うかが》っていると、ルーナは改めて口を動かした。

「では、ここで一つ甘えさせていただいても」

「うん。じゃあ……嫌がらせした相手を教えてくれる？　もうしないように言ってくるから」

「いえ、あなたに甘えさせていただきたいことはそうではありません」

「え、そうなの……？」

「はい。わたしにこれをしていただきたいです」

「ッ!?」

『これ』を伝えるように、自分の頭を両手で押さえたルーナは、そのままの体勢で言葉を紡《つむ》ぐ。

「今朝、あなたはわたしの頭に触れました。あれをもう一度してください」

「……」

呆気《あっけ》に取られる中、頭に置いた手を退《ど》かした上目遣いのルーナと目が合う。

「入念な確認は先ほど行いました。もし断られた場合、わたしはもうあなたに合わせる顔がなくなります。その点を踏まえてお願いします」

「あ、その……うん。驚いただけだから、そのくらいなら全然」

一昨日は唇を重ねた相手でもある。抵抗があるはずもない。

「ありがとうございます。では、お願いします。……今ならもっと心地よく感じられる気がします」

そう言い終えると、背伸びをして頭を突き出してくるルーナ。

この言葉から、『人目がある時』と『二人きりの時』で感じ方に違いがあるかに好奇心があったのだろう。

嫌がらせの話から、まさかこんな流れになるとは思ってもいなかったベレトだが、状況を整理できれば恋人の甘え方を微笑《ほほえ》ましく思う。

「それじゃあ――」

今朝した時と同じように。

右手を伸ばし、艶やかで柔らかい彼女の髪に優しく触れる。

手を動かして頭を撫《な》でれば、力が抜けたようにルーナが胸元に寄りかかってくる。

「……」

「……」

体重をかけてきても、なんの負担にもならないくらいに軽かった。

「……ルーナはもっとご飯を食べた方がいいかもね」

「……これでも満足に食べていますよ。それともあなたはふくよかな体形が好みですか」

「……もしも好みって言ったら？」

「……努力します」

「……無理をしないルーナでいて。それが自分の一番好きなルーナだから」

「……ふふ、わかりました。体形は特にこだわりがないということで覚えておきます」

「……よろしく」

ゆったりとした会話を楽しみながら、ルーナの髪を、華奢《きゃしゃ》な体を、甘い匂いを、司書室

の中で感じていたその時だった。

『――ガチャ』

図書室のドアが開く音が聞こえ、ビクッと体を上下させるルーナと、頭を撫でていた手を止めるベレト。

次の瞬間、この時間には珍しい来訪者の話し声が聞こえてきたのだ。

『にわかには信じられないのですが、本当にあの方とお話しされたのですか?』

『ああそうさ。それもオレと話すために読書をやめてまでだぜ?』

『噂《うわさ》が噂だから、そんなことするとは思えないけど……』

『だーから、見せてやるって言ってんだろ? このオレに興味持ってるってところをな』

読書スペースで本を読んでいるはずの〝ルーナに聞こえないように〟と声を落として話しているが、司書室が備えられた場所は出入り口のドアのすぐ側《そば》。

聞き取りづらさはあれど、密着して息を潜める中で話し声が入ってくる。

『おーい、ルーナちゃーん! またきてやったぜー!』

『二階でしょうかね……?』

『まあ捜してみようよ。僕も挨拶したいし』

足音、それに三人の話し声がどんどんと遠くなっていく。

「……」

「……」

司書室のドアが閉まっているためにその姿はわからないが、階段に向かっていったようだ。

「えっと、今の人達はルーナの知り合いさん？」

「本日初めてご挨拶をした方だと思います」

ここにいることがバレないようにひそひそ声を出せば、ルーナも小さな声で返してくる。

「あの感じだと正解だったね……？　方針を変えたの」

「勘違いされては困りますのに……。わたしにはあなたという人がいるのですから……」

「……ッ」

胸元に頬擦りをしながら囁《ささや》くような声で伝えてくるルーナに、思わず息が止まってしまう。

「それだけではありません……。『静かに』という図書室のルールを守っていただきたいです。あのような大きな呼びかけは正しくありません」

「ま、まあ俺も大きな呼びかけだなって思ったかな……」

本が大好きで大切に扱っていて、誰よりも図書室でお世話になっているルーナなのだ。ルールに厳しくなるのは当然のことだろう。

「ちなみに……どうする？　顔を出す？」

「いえ……。あなたはこのままでいてください。わたしもこのままでいます」

「ん、わかった」

詰まるところ、居留守を選んだルーナである。

「あの方々が去るまではこの体勢のままで……。物音で気づかれてしまう可能性がありますから」

「それちょっと口実が入ってない？」

「……黙秘します」

「あはは」

この場合は図星だったということ。

それらしい理由をしっかり考えられていたルーナではあったが、この状況では分が悪いと言える。

「……あの、一応言っておきますが、わたしの頭に触れるのがもう嫌になった場合は離して構いません……」

「嫌になる想像がつかないよ」

「……でしたら、このままです」

胸元に引っ付いているルーナとチラッと視線が重なり合えば、頭を伏せて目を逸《そ》らされる。

「……」

「……」

それでも、されるがままの彼女を撫でていると――少し前に入ってきた三人組の話し声が再び聞こえてきた。

『ここまで呼びかけに反応がないですから、席を外しているようですね』

『残念だなぁ』

『チッ、せっかくこのオレが寄ってやったってのに……』

『もしかしたらではありますが、ベレト・セントフォード様やエレナ・ルクレール様とどこかでお会いしているのかもしれません』

『ああ、そういえば親密にされてるらしいね』

『ハンッ、なに言ってんだか。エレナ様はまだしも、アレに至っては身分使って脅してるとかそんな理由だろ。馬鹿馬鹿しい』

『これは聞いたお話ですが、随分と楽しそうに会話されていたそうですよ？　もちろん怯《おび》えた様子もなく』

『ルーナさんが一番避けそうな相手こそ、ベレト様な気がするけど……不思議なものだよね』

『まあ見とけって。後々脅されてたって話が出回るからよ』

その言葉を最後に、図書室のドアの開閉音が鳴った。

耳を澄ませば、足音が遠ざかっていく。

こちらに気づくことなく退室していったことがわかる一方で——頭を撫でていた手を離しながら、バツが悪そうにするベレトがいた。

「あ、あのさ……？　今さらだけど本当にごめんね、ルーナ。俺こそ陰口を言われるばっかりで」

「平気です。失礼なことを言いますが、覚悟はしていましたから」

「それでも気分悪くない？　ルーナもその点は気にしてたし」

「わたしの場合は嬉《うれ》しいですよ」

「……え？　う、嬉しいの？」

「無論、変な意味ではありませんよ」

首を左右に振り、一歩後ろに下がって密着状態を自ら解いて。

『あの方々が去るまではこの体勢のまま』の言い分を忠実に守ったルーナは、目元を緩ませて伝えるのだ。

「皆があなたのよいところを知らない中、わたしはあなたのよいところを知っています。それは優越感のあることで嬉しいことです。なので、悪いことばかりというわけではありません。この気持ちが変わることもありません」

堂々と言い切ったルーナ。

そして、次第に顔が赤くなっていく。

「……ありがとう。今、すごい気持ちが楽になったよ」

「また不安になったら教えてください。いつでも同じ言葉をお伝えしますから」

恥ずかしい気持ちがあるのは見ての通り。

にもかかわらず、『いつでも』と言ってくれたのは、同じ不安を持っていたからだろう。

いや、そうに違いないと思うベレトだった。

「あの、あなたに一つお尋ねですが、ランチはまだ済んでいませんか」

「うん、昼休みに入ってすぐ会いにきたから」

「安心しました。それでは、これから一緒にお食事しませんか。あなたの分もありますので」

「う、うーん。そう誘ってくれるのは嬉しいけど……ルーナの放課後の分を食べちゃうことになるでしょ？」

夜遅くまで図書室で読書をするために、普段から二食持ち運んでいることは知っているのだ。

『あなたの分もあります』というのは物の言いよう。やはり気の引けることだったが——。

「いえ、その点は心配無用です。本日は一食多めに作ってますから」

「そうなの？」

「はい。これがその証拠です」

短い返事の後、背を向けたルーナは入れ物の中から編み込みの箱を一つ、二つ、三つと取り出すのだ。

「あなたがそのように言うのはわかっていましたよ」

「なんだかそこまでお見通しだと恥ずかしいなあ……。って、あ！　今朝『図書室にきてほしい』って言ってた理由はもしかして……」

「用意していたから、という理由もあります」

「それ言ってくれてよかったのに！」

最悪、ルーナが作ってくれた料理が無駄になっていたかもしれない。

そんな結末もあったからこそ、言葉に力を込めて言うが、ルーナは認める素ぶりすらなかった。

「自惚《うぬぼ》れも甚《はなは》だしいですが、あなたならきていただけると思っていましたから。実際にわたしの考え通りです」

「……」

完全に言い負かされた一幕である。

「ではお一つどうぞ」

「はは、ルーナには本当勝てないなぁ……」

箱を手渡され、ありがたく受け取る。

「あなたとこのような関係になった今、初めて顔を合わせた時のことをお話ししたくありまして」

「そういえばその時にルーナから初めてご飯をもらったんだよね！　後にルーナの手作りだって教えてもらった時は本当にビックリしたよ」

「美味《おい》しそうに頬張っていただいたこと、わたしは未《いま》だに覚えていますよ」

「……本当にしみじみするなぁ。当時は悪い噂《うわさ》も酷《ひど》かったと思うけど、あの時から変わらず優しくしてもらったり」

「それは記憶が改ざんされていますよ。わたしはあなたがこの図書室に悪さをしにきたのではと疑いました。監視するとも言ったはずです。それでも嫌な顔を一つせずに接していただいたどころか、わたしのことを気遣ってくださいました」

食事をするために隣り合った席に腰を下ろし、当時のことを思い返しながらやり取りを続けていく。

「今思えば、ルーナってすごいことをしたよね。身分も身分だから怖い相手なはずなのに、この図書室を守るために立ち向かって」

「当然、捨て身でした」

「あはは、やっぱりそうだったんだ」

弱い立場にあるからこそ、身分差というのは一番に理解しているはず。両親からも厳しい説明を受けているはず。

それでも戦ったというのは、それだけこの場を大切に思っているということなのだろう。

「……ですが、捨て身になって本当によかったです。それをキッカケにあなたと素敵な関係を築くことができましたから。エレナ嬢やシアさんとも仲良くなることができましたから」

「そ、そっか」

今の気恥ずかしさを誤魔化すように、適当に手を動かしながら。

正面からの視線を感じていたが、ルーナと目を合わせることができなかったベレトである。

「すみません、お食事をする前にあなたにもう一つだけ伝えたいことがあります」

「な、なに？」

「放課後のことですが、わたしは読書で手が離せなくなります。本日は特に集中したくあります。ので、放課後は図書室に立ち寄ることなく、エレナ嬢やシアさんに時間を使ってもらいたく思います」

「……わかった。ルーナがそう言うならそうするね」

この時、放課後に来てほしくないことを強調する彼女。避けられているようにも感じる言葉だが、ベレトはその真意をわかっているつもりだった。

しかし、〝つもり〟では申し訳なく、確認は必須とも言えること。

「その他になにか言っておきたいことはある？」

「そうですね。強いて言えば、このようなことを伝えられたのは本日が初めてではないあなたかもしれませんが」

「ははっ、それはどうだろう」

このセリフで確定することができた。

今朝のシアと同じようなことを、授業中のエレナと同じようなことを、ルーナもしているのだと。

身分や立場を抜きにして、全員が全員、円滑な関係が作れるように考えてくれている。

トラブルのないように立ち回ってくれる。

「ルーナも本当ありがとうね。なにがとは言わないけど」

「『も』は悪手ですよ」

「……ちょっと言葉を間違えただけ」

「そういうことにしておきます」

「うん」

本当にいい恋人を持つことができたと改めて感じる時間。

そして、恋人が作ってくれたサンドウィッチは今まで以上に美味しく感じたベレトだった。

＊＊＊＊

——楽しく、幸せな昼休みも過ぎ。

「わざわざクラスメイトがいなくなるまで待ったりしちゃって。そんなにあたしと二人きりになりたかったのかしら。あなたは」

「それはエレナにも言えるんじゃない？」

午後の授業を終え放課後を迎えた時のこと。

静けさのある教室には、窓からの夕焼けの景色を見ながら軽口を言い合うベレトとエレナがいた。

「そ、それを言われたら言い返す言葉もないのだけど、ルーナに別れの挨拶をする必要があるんじゃないの？」

「放課後は読書で忙しいから、立ち寄らなくていいだって」

「ふーん。詰まるところルーナに仕返されちゃったってことでいいのかしら。昼休みにあなたを譲った代わりに」

さすがは察しのいいエレナだった。

「正解。今度はそっちに時間を使ってほしいって」

「はあ、あの子ったら……」

大事な言葉を隠してみたものの、見事に言い当てる。

「あたしが見返りを求めているように感じたのかしらね。そんなに現金じゃないのだけど」

「そんなわけじゃないのはエレナが一番わかってるくせに。それくらいの感謝があったってことだよ。きっと」

「……た、ただの照れ隠しよ。あなたこそソレはわかっているんでしょうから、真面目に答えないでちょうだい」

「ごめんごめん」

好きな人にはちょっかいを出したくなるもの。

今回それが出てしまったベレトである。

「でも、『それくらいの感謝があった』って言うからには、ちゃんとルーナを楽しませることができたって言うこともできそうね」

「それについてはその……俺だけが楽しんじゃった可能性も十分あるのかなあ、なんて……」

「まったくもう……。あなたはあなたで相変わらずよね、本当」

「面目ないです」

『ちゃんと楽しませられるように』という考えを持って図書室に足を運んだベレトだったが、いつの間にか頭から抜け落ちてしまっていた。

そのまま、あっという間に昼休みが溶けてしまった。

言い方を悪くすれば、普段通りに接していたのが事実だった。

「まあフォローするつもりはないのだけど、あなたが楽しめたのなら、ルーナもきっと楽しめたはずよ。好きな人と一緒にいて楽しくないってあり得ないもの。……って、からかわないでちょうだいよ。『じゃあエレナも今楽しんだ？』とかなんとか」

「べ、別にそんなつもりはなかったのに……。そんなに頭の回転速くないんだから」

「さあどうかしらね」

状況が一緒と言えるからこそ、信じていない様子。疑いの目を作っているが、次の行動は矛盾があるようなものだった。

半歩ほどの間があった距離をさりげなく縮めてくる。

横並びになっている中で、エレナはわざと肩が当たるようにしてきたのだ。

「……あ、そうだ。まだエレナに聞いてなかったんだけど、アリア様とはどうだった？

昼休みは一緒に過ごせたんでしょ？」

「ええ、こっちもこっちで楽しかったわよ。とある理由で会話の内容を教えられないのは申し訳ないけれど」

「大丈夫だよ。楽しめたって報告を聞けただけで十分だから」

秘密の内容は気になることだが、今朝同じことをしたベレトなのだ。

『お互い様』ということで追及することはしない。

相手が嫌がることをしたくもないのだ。

「でも実際、気になることは気になるでしょう？」

「それはもう」

「……じゃあ、あたしが言えることを一つだけ教えてあげる。なにも言わないというのは可哀想《かわいそう》だから」

「えっ、いいの!? じゃあエレナが言えることって言うのは？」

教えられることがあるなんて思ってもいなかった。食いつくように身を乗り出せば、エレナはどこかイタズラな表情に変えて言った。

「将来はどこの誰よりも安泰になりそうってことね」

「将来が安泰？　なんかいまいちピンとこないというか……」

「だから教えることができるんじゃない。もとは内密な話なんだから」

「あはは、それは確かに」

「まあじきにわかると思うから、あとのお楽しみってことで、今はのんびり構えておくといいわ」

これ以上はなにも言えないと伝えるように、微笑を浮かべたのちに目を伏せたエレナである。

「ほ、ほう。なら素直に信じとくよ」

「是非そうしてちょうだい。それはそうと……シアは大丈夫なの？　今あたしとのんびりしているけど、しっかりお話はつけているのかしら」

「もちろん。用事が済んだら俺から迎えにいくように言ってあるから、向こうの教室で待機してると思う」

「そう。ならあまり長居はしない方がよさそうね」

ここで嫌な顔をすることなく、サラッと相手を気遣えるのがエレナらしいところ。

ルーナやシアが大きく慕うのも納得だろう。

「シアのことだから余った時間を有意義に使うだろうけど、あと三〇分くらいがよさそうかも」

「じゃあその間はお言葉に甘えようかしら。実は落ち着いた場であなたと話し合いたいことがあったの」

「話し合いたい……こと？」

改まってというような様子。

ただの雑談ではないことは十分に伝わる態度でもある。

横目でエレナを捉えながら聞く態勢を整えたところで、ベレトはその本題を耳にする。

「ええ、気が早いことなのだけど、四ヶ月後に控えた学園卒業後のお話。卒業後についてあなたはどう考えているのかしら？　それによってあたしが取る行動も変わってくるのよ」

「あ、ああ。なるほど」

卒業後ともなれば、独り立ちの準備を進める時期。

確かにまだ早い話と言えるかもしれないが、ベレトはベレトでなにも考えていなかったわけではない。

恋人を作ったことで、その将来を真剣に考えたのだ。

「まだ確定ではないんだけど、今のところは卒業して二年間、領地経営とか領主制の仕組みを深く学ぶつもりだよ。その間は実践も考えてる」

「……二年間？　あっ、シアの卒業までに自力をつけるということね。立場上、あなたが継ぐのは間違いないでしょうし」

「うん、遅めのスタートなのは間違いないんだけど、立派な領主になるためには必要なことだから」

　前世の記憶があれど、ほぼ手探りな状態。

　また中途半端《ちゅうとはんぱ》で務まるようなものでもない。

　民の不満を溜《た》めれば溜めるだけ、反逆が起きる可能性もあるというのは今までの歴史が証明している。

　そうならないように、しっかりと土台作りをしなければいけないのは絶対だ。

「幸いなことにその点、あたし達は噛《か》み合っているわよね。あたしはお店を誘致することができるし、ルーナは領地に関する数字を任せることができるし、シアは立派に下支えをしてくれるでしょうし」

「そ、そうなんだよね。だからなおさら頑張らないとって思ってて……。現状、俺だけが力になれないのは目に見えてるから」

「ふふっ、あなたなら大丈夫でしょ。その気持ちがあるのなら、なおさらね」

「その自信を持てるように努力するよ」

自分自身がそう思えるのが一番大事だが、エレナがそう言ってくれるのは嬉《うれ》しいこと。

やる気が出ることで、励まされる。

笑みを浮かばせるベレトは、より努力する意志を固めるのだ。

「じゃあ引き続き上手なお付き合いができたのなら、あたし達が同棲《どうせい》を始めるのは二年後になりそうね。一応は」

「うん。だからこそ……一旦、卒業後にみんなで顔合わせをして、方針とか確認できたらいいな」

「あら、本気度が伝わることとしてくれるのね」

「も、もしかしなくても『重たい』って感じたりする……？　それはもう謝るしかないっていうか……」

適当な交際ではなく、真剣な交際をしているからこそ、避けられない悩み。

『引かれたりはしないか』という不安にぶつかってばかりのベレトだったが——エレナは眉を八の字にして、呆《あき》れるように笑った。

「それ、告白された側が悩むようなことじゃないでしょ。普通はあたしのような告白した側が悩むことよ」

「……我慢して付き合ったとかじゃないんだから、そこは関係ないよ」

「ふふふ、正直、あなたの気持ちがそのくらい大きなものだとは思わなくてね。案外あたしにも負けてないんじゃない？」

「そ、そこはからかわなくてもいいじゃん……」

「ごめんなさいねえ、ちょっと意外で」

その気持ちは本当なのか、嬉しそうに顔を綻ばせているエレナがいる。

「真面目に答えさせてもらえば、男性は重たいくらいでいいのよ。あくまであたしの意見だけど」

「面倒くさいと思うこともなく？」

「ええ。だって男性からすれば何人もの妻を作ることができるでしょう……？　その結果、優劣をつけられて見限られたり、婚姻しているのに避けられる、なんて実例もあるの。もちろんあなたがそんなことをするとは考えていないけど、実際にあることだから正直な気持ちを向けてもらった方が安心するのは間違いないわ」

「……」

「そんなわけだから、あたしの前ではそのままでいて。もしルーナやシアに不満を伝えられた時には相談には乗ってあげるから」

「はは、ありがとうね。じゃあ、その時には頼りにさせてもらうよ」

「大船に乗ったつもりでいなさいよね」

「うん」

一夫多妻の生活が難しいのは理解している。

全てを自分だけで解決できるのが一番だが、こう言ってくれるのは素直にありがたいこと。

「あ、それでまだ言っていなかったことがあるのだけど、あなたとお付き合いを始めたことはもう家族に伝えているから」

「え!? そうなの!? え、えっと、ちなみにどんな反応をしてた……？ 嫌な顔とかしてなかった？」

評判が悪いことを自覚しているだけに、一番心配なのはやはりこれ。

将来を見据えて付き合っているからこそ、相手家族の了解を得られたかというのは一番気になるところ。

「なに言ってるのよ。あなたって本当心配性で自己評価が低いわよね」

「ってことは……」

「弟のアランは大喜び。お父様とお母様は『よくやった』って何度も頭を撫《な》でてきたくらいよ」

「ッ‼」

「『ベレト君が相手なら今までの縁談を断ってきて正解だ』って言ってもいたかしらね。こんなあたしでもいい家柄のところから話が届いていたことはあったから」

「いやあ……。それはなおさら嬉しいな……」

最悪のことを覚悟していただけに、一瞬、涙腺が緩んでしまうくらいの喜びが襲ってくる。

「一応言っておくけど、あなたの身分が高いからいい反応をしたわけじゃないからね。あなたの人柄を知っているから、あたし達家族は喜んだの」

『誤解するんじゃないわよ』というように、こつんと肩をぶつけてくる。それもまた胸が温まることだった。

「エレナのご家族はそのタイプだってわかってるよ。だから嬉しくて」

「ふーん。だったらその……ぬか喜びさせないためにも、行くところまでは行くように考えておいてちょうだいよ。なんとなくじゃなくって」

「エレナこそ」

「あたしはちゃんと考えてるから、卒業後のことを聞いたんじゃない」

「そ、それもそうだよね」

「当たり前でしょ。もう……」

目が合わされば、口を尖《とが》らせて呆れ混じりの不満げな声を漏らすエレナ。

そんな彼女はそっぽを向きながら、さらに小さな声でボソリと呟《つぶや》く――。

「はあ。今日はしようと思っていたのに。あなたがこの場でもう少しいい雰囲気を作ってくれたら、キスの一つや二つくらい」

「……ん⁉」

――ベレトの目が飛び出しそうになる言葉を。

「い、いやいや、待って。ここは教室っていうか……」

「教室は教室だけど、二人きりじゃない。クラスメイトもわざわざ戻ってこないわよ。すぐに帰るよう指示されているはずだし」

「……」

晩餐《ばんさん》会の時にはお預けだったこと。

したくないわけもないこと。

頭の中で状況を整理していけば、心拍数が徐々に上がっていく。胸が詰まるような緊張が高まっていく。

無意識にエレナの口元に視線が寄ってしまう。

「そもそもの話、ルーナだけあなたとキスしてるの、ずっと思うところはあったのよ……？　我慢をしていただけで」

「そ、そうなんだ……」

「ええそうよ。だから……その、あなたがルーナを楽しませたご褒美《ほうび》は元々コレのつもりだったんだから」

　恥ずかしさよりも願望が勝っているのか、頬を赤らめながらも口調はしっかりしているエレナ。

　そんな余裕のない姿を見ると、恥ずかしさが薄れてくる。

　恋人らしいことをする場には適してないこの教室でも、と理性が緩んでくる。

「あたしみたいな付き合い慣れてない女は、こんな建前を使わないとできないのよ……。これはあたしのせいだけど、初めてキスをする機会を蹴ったから、次のタイミングが難しいんだもの」

「エレナがカッコよかったあの件ね？」

「う、うるさいわね……。ここぞと言わんばかりにからかうんじゃないわよ……。頭叩《たた》くわよ」

「痛いのは反対」

だ。

晩餐会のあの日。

頑張って告白をしたルーナの顔を立てるために、上書きの行動をしなかったエレナなのだ。

その影響を一番に受けてしまっているエレナで、悪い方に流れてしまったと言っても過言ではないが——後悔を口にするどころか、その態度を一切見せていないのは本当にすごいことだろう。

「と、とにかく！　あたしの恋人なら尻拭いに協力しなさい。このくらいは補填してちょうだい。あなたの心の準備ができるまで待ってあげるから」

「……もし誰かに見られても責任取れないよ？　俺は周りに誰も寄りつかないからアレだけど、エレナは違うでしょ？」

「その時はその時よ。今しない方が嫌だわ」

髪色と同様に真っ赤な顔になっても、強気な態度は崩さずに。

もういろいろとツッコミを入れたくなるが、この雰囲気を崩さないために言わなかった。

もし崩してしまえば、次の機会を与えられないような気もして。

「ほ、ほら……。そんなわけだから早く目を瞑《つぶ》りなさいよ……。あたしがあなたにするから」

「心の準備をさせてくれる件は？」

「もうできたでしょ。できたって言いなさいよ。男なんだから」

「はは、相変わらずなんだから……」

『心の準備ができるまで待ってあげる』とは完全に矛盾した発言だが、それだけ余裕がなくなっているということ。

早くしたいという焦《あせ》りもあるのかもしれない。

そんなエレナを見れば、心の準備はすぐに整った。

「……」

「なっ、なによ」

エレナが上擦った声を出したのは、先ほどの返事をすることなく正面を向いたベレトを見て。

「え、ち、ちょっと」

そんなベレトに一歩距離を詰められ――。

「ね、ねえベレトってば……」

――華奢《きゃしゃ》な両肩を大きな手で掴《つか》まれ、体を硬直させ、羞恥の混じった艶《なまめ》かしい声を漏らす。

「……あ、あたしがあなたにするって言っているじゃないの……」

「ダメ?」

「っ!」

この一言を耳に入れた瞬間、目を大きく開けて息を呑《の》む。

目を泳がせて呼吸を忘れること数秒。

エレナは我を取り戻し、大きなため息を吐《つ》く。

「はあ……。も、もうわかったわよ。それなら好きになさいよ。無抵抗でいてあげるから」

「はは、そんなにヤケにならなくても」

「べ! 別にヤケになってるわけじゃ——んっ⁉」

声を張り上げようとしたその時、エレナの声が廊下に漏れる前に口が塞がれるのだ。

慣れないながらも、最初は優しく、次に押さえつけるように。

「……」

「……」

温かく、柔らかい感触と、エレナがつけているジャスミンのような香水が鼻腔《びこう》をくすぐる。

お互いに目を瞑りながら心臓の音を大きく鳴らすこと数秒。

息が先に切れたエレナが胸元を手で押し、唇が離れる。

「バ、バカ……」

顔を上気させ、目を伏せながら、この言葉を添えて。

「……な、なによ。さっきまで全然乗り気じゃなかったくせに、これ見よがしにがっつい

ちゃって……」

「それは場所が場所だったからで……。もし教室じゃなかったら最初の態度も違ったよ」

「あっそ……」

ぶっきらぼうな返事を一つ。

視線を逸《そ》らし、人差し指と中指を口に当てて先ほどのことを思い返しているようなエレ

ナが目の前にはいる。

「本当、あたしが受け身になるなんて想像もしてなかったわよ……。いつも消極的なあな

ただし」

「それはなんて言うか、男らしいところを少しは見せたくて。晩餐会の時はエレナやルー

ナに任せてずっと受け身だったから」

積極的な行動を取ったベレトが、無論、平気だったわけじゃない。緊張で手が震えたほ

ど。

それでも、男らしいところを絶対に見せたかったのだ。

「あなたがそういうところを気にするなんて意外だわ」

「気にもするよ。エレナもルーナもシアも全員、人気者なんだから。全員が口説かれてるくらいだし」

「ふーん」

体の向きを変え、再び窓からの景色を見るベレトの隣につくエレナは、自然に体を寄せてくる。

「でも、おかげさまで綺麗《きれい》さっぱり心のモヤがなくなったわ。結果的にあなたからされる方がよかったのかも」

「よかった。そう言ってもらえて」

自信があったわけじゃないだけに、この言葉に安堵《あんど》する。

「まあ今回はあなたに譲ったから……次はあたしからさせなさいよね。そっちも体験したいから」

「……次、なんだ？」

『今からでも』なんてニュアンスを含むベレトだったが、首を縦に振って髪を揺らすエレ

ナだった。

「もう十分満足したもの……。これ以上しちゃったら……もうどうにかなっちゃいそうだわ」

「それは残念」

大切に思っている人とのスキンシップだからこそ、たった一度だけというのは少し物足りない気分。

正直な思いを述べれば、ジトッとした目を向けられる。

「あなたはいいわよねぇ……。ルーナとした経験があるから、ムカつくくらい余裕があって」

「いや、別に余裕があるわけじゃ……」

「そうなの？　相手が違うだけで行為自体は変わらないでしょう？」

複数の相手としたことがないからこその純粋な意見を投げるエレナに対し、することは一つだった。

「えっと、これが証拠になるかな」

ベレトは人差し指で耳に被《かぶ》さった髪を横に流しながら言う。

「……さっきからもう熱くて。赤くなってない？」

「あっ、ふふ……。本当ね」

「そんなわけで余裕なんか全然ないよ」

『慣れるのも時間の問題』と言われても、実感が湧かないくらいに。

「そんな状態のくせに、あたしからもキスさせようとするなんてちょっと面白いわね。しかも一度は『教室だから』って乗り気じゃなかった人が」

「……それ以上からかったらもう無視するから」

「なら遠慮してあげる。せっかくなら無駄なく時間を使いたいものね」

「無言の時間も悪くはなくない？」

「今のあたしは喋《しゃべ》りたい気分なの。だから付き合いなさいよね」

「はいはい」

夕焼けの景色を眺め、キスの余韻に浸りながら、普段と変わらないような掛け合いをする二人。

そんなかけがえのない時間が一〇分ほど続いた時だった。

「……さて、ベレト」

「ん？」

「そろそろシアを迎えに行きなさい」

キリのよさを見計らって、口調を強めるエレナがいた。

「珍しく命令口調で……」

「どこかの誰かさんは、『迎えに行った方がいいんじゃない……？』なんて促される方が困るでしょう？　いえ、絶対にそのはずだから『感謝してほしいわね』ってまで言えるわよ」

「……」

「仮にあたしが促したとして、『もう少しだけ』って返事をすれば、シアを蔑《ないがし》ろにする感じが出ちゃうし、『じゃあ行く』って言えばあたしのことを蔑ろにする感じが出ちゃうし、そんな細かなところまで考えられるあなただものね。近くで見てきたからそのくらいわかるわ」

「な、なんでこんなにも敵《かな》わないんだろうな……。あはは」

言われたことは全部、的を射ていること。

『困るでしょう？』の質問に否定できなかったのがその証拠でもあり、ルーナにも同じようなことをされただけに、苦笑いが一番に出る。

「貴族らしくないからでしょうね、あなたが」

「……な、なるほど？」

「ふふっ、まあとにかくもっといい女性になる予定だから、いろいろ楽しみにしていてちょうだいね」

「じゃあ俺も釣り合うように頑張る予定で」

「軽口を言ってる暇があれば、早く行きなさい」

「わかった」

シッシと手で追い払うような素振りを見せ、シアをより迎えに行きやすい状況を作ってくれる。

さらにはわざと鬱陶しそうな表情まで作って。

そんなエレナを見て――。

「――ごめんね、本当ありがとう」

細い腰に両腕を回し、ギュッと抱き締めた。

「こ、こら。なにしてるのよ……。そんなことする暇があれば早く行きなさいって言ってるでしょ。本気で叩《たた》くわよ……」

「はは……。それは嫌だからもうやめる」

「ん、そうして」

回した腕を解き、一歩二歩と後ろに下がってベレトは距離を取った。

「それじゃあまた明日ね、エレナ」

「ええ、また明日。シアのこと頼んだわよ」

お互いに右手を振り、笑顔で別れの挨拶を交わし終わる。

そうして、教室を去っていくベレトの背中を最後まで見送り、一人教室に残るエレナは、体を半回転させて窓に手を当てるのだ。

「……それをするなら、もっと強くしなさいよ……」

赤く火照《ほて》った顔でボソリとした文句を言いながら――。

＊＊＊＊

エレナと二人で過ごした教室を出て、早足で廊下を歩くベレトが向かう先は別棟にあるシアの教室。

――だったが。

「あっ、ベレト様！」

「え、シア!?」

その目的地に着く前に、聞き慣れた声をかけられる。

にぱあと笑顔のシアが立っていたのは、別棟の玄関口の隅っこだった。

「……ど、どうしてこんな場所に？」

「ベレト様が来られる頃合いかと思いまして、こちらでお待ちしておりましたっ！」

「ちょっと待って。頃合いってそんなことまでわかるの!?」

「特に驚かれるようなことでは……」

「……う、うん？　普通はそういうものなの？　いや、普通そういうものじゃないような気が……」

当たり前の顔で言ってのけるシアを見ると、こちらの感覚がおかしいんじゃないかという錯覚に陥ってしまうが、よくよく考えればそんなわけもない。

「えっと、じゃああまり待つこともなく？」

「はい。四分少々だと思います」

「そ、それすごいことだよ……」

冷静に考えれば、なおのことそう感じる。本当にとんでもないことをしているシアである。

これが優秀だと言われる所以《ゆえん》なのだろうが、さすがに気になる。

「ちなみにどうやって判断してるの？　そういうのって。俺もそれができたらいいなって思って」

「大まかにはご状況の予想と、その方のご性格です」

「つまり？」

「ベレト様はとてもお優しく、恐縮ながら私のことも気にかけてくださいます。またエレナ様も同様ですので、お二人で放課後を過ごされることを考えると、よほどのことがない限りは三〇分から四〇分前後のお時間で調整されるのかなと」

「なるほど……。なるほどなぁ……」

——説明すること全て正解だった。

確かにこんなロジックを組み立てることが日常的ならば、当たり前の顔をするのも不思議じゃないのかもしれない。

ただ一つ、簡単には真似《まね》できないことをわからされる。

「本当、シアのことが誇らしいよ」

「えへへ……。もったいないお言葉です！」

そして、キッチリしているシアを褒めた瞬間だった。頬が溶けたような笑みを浮かばせた。

優秀さと表情のギャップもまた可愛《かわい》らしい彼女である。

「ベレト様、エレナ様やルーナ様とは上手にお話をすることができましたか？」

「うん。最初は緊張したけど、おかげさまで無事に」

「それはなによりですっ」

「今朝、二人のことをシアが気遣ってくれたように、エレナもルーナもそれぞれが気遣ってくれて本当に助かってるよ」

複数の恋人を作った経験があるわけもない。

そんな手探りの中で円滑な関係を築くことができているのは、それぞれの優しさがあるからに違いない。

「大変お伝えしにくいことなのですが、私は本当に用事ができてしまったので、エレナ様やルーナ様とは残念ながら違いまして……」

「正直に言ってくれていいのに」

「ぁ……。そのお言葉だけで私は幸せです……」

専属侍女という立場上、『嘘《うそ》をついた』と認めるより、つき通した方がよいと考えたのだろう。

それでも『用事があった』と本気で捉えられた場合には、主人を優先しない行動に映ってしまう。

そんな心配があったのだろう、シアの目には安堵《あんど》の色が見えた。

「ねえシア、馬車の中に戻ったらだけど、今朝のお礼にしたいことしていいからね。登校した時と同じことでもいいし」

「……そ、それは……あの、うぅー。が、我慢をすることにします……。絶対に帰宅後のお仕事に影響してしまうので……」

「あはは、それなら仕方ないね」

仕事中に思い返してぼーっとしてしまう、なんて理由だろうか。

リスクケアのために我慢するのは、我慢できるのは本当にシアらしい。

わかりやすいほどに物欲しげな顔をしているのは抜きにして——さすがのプロ意識だった。

「あの、ベレト様……」

「ん?」

「強欲なことを口にしてしまうのですが、そちらは明日の朝に持ち越しというのは……可能でしょうか?」

「もちろんいいよ。って、それは強欲なんかじゃないって!」

「ありがとうございますっ‼」

「いやいや」

二つのお礼ということで深々と頭を下げているシアだが、その要望が強欲の部類に入ってしまうのなら、世の理《ことわり》が崩れてしまうことだろう。

「っと、それじゃあ時間も時間だから馬車に向かおっか」

「はい！」

そうして玄関口から移動を始めれば——主従関係の距離を保ちつつ、隣につくシアである。

二人きりの時はそうでないだけに、少し寂しい思いだが、これぱかりは仕方のないこと。

「ああそうだ。いきなりで申し訳ないんだけど、シアに一つ確認させてほしいことがあって」

「確認されたいこと、ですか？」

「うん。近々じゃなくても大丈夫だから、休日を空けることってできるのかなって」

「それは当然のことです！　ベレト様のご命令とあらば、いつ何時でもっ！」

『主人の助けになることができる！』が仕事の中で一番嬉《うれ》しいシアなのだ。目をキラキラさせて大きく首を縦に振っている。

シアの第一優先は、ベレトの命令。

次にベレトの身の回りに関するお仕事。

立場上、屋敷周りの優先順位が下だから言えることである。

「ですが、どうしてそのようなことをお聞きになったのですか……？」

「単刀直入に言うと、シアと一緒に休日を過ごせないかなって思って」

「っ⁉」

どうしてこの考えに至ったのかと問われたら、ルーナもエレナも、休日に二人きりの時間を作ったことがあるから。

その一方で、シアだけは同じ時間をまだ作れていないから。

当然それは不公平に当たることで、ベレトが『シアと一緒に過ごしたい』という自分勝手な想《おも》いも含まれていること。

「それで……どうかな？　一緒に過ごすことって」

「そ、そそそそれは是非お願いいたしますっ！　却《かえ》ってご命令していただけると嬉しく思います‼　周りへの説明が……でして！」

「それじゃあ命令という形にさせてもらうね」

「はいっ！　それではいつ頃になるご予定ですか⁉　ご命令でしたらいつでも空けることが可能ですので！」

肉食動物のようなすごい食いつきだが、誘った側としてはこの反応をしてくれるのは本当に幸せなこと。

こんなにも生き生きしたシアの表情を、今後もずっと見ていきたいものである。

「ちなみにシアの希望はある？　急なことだから、今週みたいになると予定が崩れるんじゃないかと思って」

「え、えっと……」

急に予定を入れるとすれば、今までに決まっていた予定をずらさなければいけなくなる。もしくはスケジュールを詰めて体を動かすことになる。

それだけは避けたいが故の提案だったが、余計なお節介と言えるものだった。

「あ、あの……ですね。私は今週の土曜日が……好ましいです。少しでも早くベレト様とご一緒したいですから……」

「えっ⁉　そ、そぉう？　じゃあ今週の土曜日にしよっか」

「ありがとうございます。本当に……ありがとうございます……」

「ううん、むしろそう言ってくれて本当に嬉しいよ」

両手の指を絡《から》め合わせながら、微笑《ほほえ》むシア。

言葉通りの感情が全身から伝わってくる彼女に、笑顔を返すベレトだった。

「ちなみに行き先の希望ってある？　外出するならここがいいとか」

「ワ、ワガママをお伝えしても構いませんか……？」

「なになに？」

「当日はベレト様と、お屋敷内で過ごしたく思います……」

「へえ……。外出じゃないのはかなり意外かも」

完全に外出のプランで考えていただけに、顔に出てしまう。

「もし街に出たら欲しいものとか買ってあげられるんだけど、それでも大丈夫なんだ……？」

「私にはこの髪留めとネックレスがありますから。ベレト様から初めていただいたプレゼント……。これ以上の宝物はありません」

壊れ物を扱うような手つきで、身に着けているこの二つに触れるシアは、本当に満足げな表情を露《あら》わにした。

直近で渡したものではないが、今もなおこの二つで物欲が完全に満たされているかのよう。

「個人的にはもっと贅沢《ぜいたく》な気持ちを見せてもらっても……って思ってるよ？　そのくらい頑張ってもらってるし」

「とんでもないです……。実際にはもうバチが当たってしまうほどの贅沢をベレト様に叶《かな》えていただいてますから」

「それはさすがに言い過ぎじゃない？」

「言い過ぎではないです……」

　今日一番小さな声で否定するシアは、手をもじもじさせながら正直に言うのだ。

「お、お屋敷内でしたらその……人目もないので、たくさん甘えさせていただけたりするのかな……と」

「へ……」

『二人きりの時に』というのは約束ごと。

　包み隠さずに言い終えたシアは、ベレトからの視線を遮るように顔を伏せて。

　その羞恥に襲われているようなシアの横顔を見た瞬間、ベレトにもその感情が伝染する。

「……」

「……」

　両者が無言になってしまうこのタイミングで、停《と》まっていた馬車の姿がちょうど視界に入るのだった。

＊＊＊＊

一日のお勤めも終わり、宵の刻。

大切なご主人であり、心から慕っているベレトに『お休みなさいませ』の挨拶を交わしたシアは、体を清めた後に寝室でプライベートな時間を過ごしていた。

――と言っても、専属侍女改め、従者にとっての自由時間はほんの僅かなもの。

明日に支障を来さないためにも、早起きをするためにも、なにより寝過ごさないために、速やかに就寝をしなければならないのだから。

そんな貴重な時間を使ってシアがすることは予《あらかじ》め決まっている。

もう日課となっていること。

布を使った髪留めとネックレスのお手入れである。

表面を丁寧に拭いていき、目にも見えない汚れを取っていく。

『それは毎日するようなことじゃ？』と疑問に思うのが当たり前だろう。

『毎日してもあまり意味のないことじゃ？』なんて疑問も正しいだろう。

だが、これはご主人が初めてプレゼントに贈ってくれたもの。

その時のことを思い出しながら、宝物に触れているこの時間がシアにとっての一つの幸せで——髪留めの手入れが終われば、片手をポンと頭に載せる。

その手を左右に動かしていき、自分の頭を撫《な》でていくのだ。

「えへへ……」

途端、静かな室内で一人、笑みを零《こぼ》すシアである。

傍《はた》から見れば、自分を労《いたわ》ってるように映るだろう。

しかし、これはそのような行動ではない。

ご主人と一日の最後の挨拶をした後から、こそっと、さりげなく、何回もしていること。

「…………」

一日の最後の挨拶をした時、甘えさせてもらって頭を撫でてもらった。その時のことをよく思い返すための行動。

自分でするのと、ご主人からされるのとでは全然違う。

後者と違って満足する気持ちはこれっぽっちもない。

ただ——。

ご主人との手の大きさの違い、心地よさの違い、胸がポカポカするしないの違い。その差異を感じると、『本当にしてもらえた』のだとの実感が大きく湧くのだ。

その気持ちでいっぱいになれば、次はネックレスのお手入れ作業に戻る。

椅子に座っていることで、足をぶらぶらさせて、ご機嫌に鼻歌までも歌いながら。

貴重なプライベートがこんなにも充実して過ごせているのだ。

さらには今日、休日にベレトとのデートをするという待ち遠しい予定まで入ったのだ。

いつも以上にご機嫌になるのは当たり前。

手を動かしながら、目を細めながら、願望が口から漏れる。

「おデートの日、ベレト様ともっと親密になれるかな……」

その日だけは、たくさん甘えたい……。

その日だけは、たくさん構ってもらいたい……。

その日だけは、たくさんワガママを聞いてもらいたい……。

その日だけは、ずっと一緒にいてもらいたい……。

その日だけは、私のことだけを考えてもらいたい……。

いろいろな想いを抱くシアだが、一番に叶えたいのはこれ。

「ベレト様も私と同じように思っていただけたら嬉《うれ》しいな……。当日を楽しみにしていただけていたら嬉しいな……」

感情の昂《たかぶ》りは、いろいろなところに表れる。

髪留めを磨く手が速くなり、小さな足先にぎゅっと力が入る。

「ふふ、もうお会いしたくなってしまいました……」

主人と別れてまだ三〇分ほどしか経《た》っていないが、恋い慕う相手は同じ屋根の下にいるのだ。すぐ会える場所にいるのだ。

頭の中で考えれば考えるだけ、そう思ってしまう。

「ベルト様……」

切なげな声を、欲求の声を呟《つぶや》くシアは少しずつ感じていた。

自慢の一つだった我慢が、難しくなってきていることを。

それも、絶対に嫌われたくない大切なご主人のことに限って――。

幕間《まくあい》二

ベレトとシアが馬車に乗り込み、帰宅途中の頃のこと。

「おかえりなさいませ、アリアお嬢様。本日は〝例の件〟でお話が長引いてしまい、代わりの者にお迎えに上がらせた件、大変恐縮です」

「全然大丈夫だよ～。むしろ大変なこと任せちゃってごめんね」

「いえ、これもまた仕事ですから」

公爵邸に帰宅したアリアは、すでに濡《ぬ》れタオルがいくつも置かれた自室にて、専属侍女のサーニャと対面していた。

「それで、学園の方はどうでしたか？」

「それはもう大変だったよ～。本当に疲れたよお。挨拶が多くて多くて……。とにかく多くて……」

「その程度では褒めませんよ」

「……」

強調した意図をしっかり読み切り、バッサリと言い切った瞬間、しゅんと大人しくなるアリアである。

ただその代わり――。

「ケチ」

むすっとした顔で不満を一つ。

次にシワ一つない大きなベッドに『ぼふっ』と倒れ込む。

こうなった時にはもう、スイッチが切れたようにしばらく動かなくなるのがアリアの定石である。

「そのようにおっしゃるのであれば、命令されてはどうですか。命令とあらば、いくらでも褒めますが」

「無理やりさせても嬉しくないもん……」

「では我慢してください」

「あい……」

公爵家のご令嬢にこんな対応をできるのはサーニャただ一人であり、このように言い合える関係こそアリアにとっては一番快いもの。

その証拠に手がパタパタと動いていた。

「ちなみに、ベレト様と上手にお話をすることは叶いましたか？」

「うんっ！　ちゃんとお礼を伝えることができて、本来のわたしでお話しすることができたよ」

「それは安心いたしました。よく頑張りましたね」

「あ、ありがとう……」

周りから求められている姿を作り続けているアリアにとって、本来の自分を見せるというのは勇気を振り絞ること。

怖いという感情に襲われるもの。

この二つをちゃんと理解しているだけに、褒められるところはしっかり褒めるサーニャである。

「卒業式の日についてのお話はされたのですか？」

「それも……うん。『二人きりの時間を作って』って約束したよ。ベレト様はその理由に全然気づいてなかったけど……ね」

「そればかりは仕方のないことだと思いますよ」

「そんなにかな？」

「交流された時間が短いですし、ありのままの姿を受け入れてくれたアリアお嬢様の嬉しさや、理解を得られる嬉しさ。現状から考えられるベレト様の将来の明るさ、環境の羨ましさ。その全てがベレト様に伝わるわけではありませんからね。好意があるとお伝えしたとしても、『なにか裏があるのではないか』と疑われてしまうことでしょう」

「そっかあ……」

サーニャの言葉通り、アリアと関わって日も浅いベレトには全てを理解できるはずがないのだ。

もろもろのことを含め、どれだけ嬉しい行動を取っていたのかということを。

「元はといえば、狙いを定めた相手が悪いですからね。相手の地位や名誉、財産に心を動かされるベレト様ではありませんから」

「公爵家に恩を売ることができたのに、なにも見返りを求めてこないくらいだもんね……」

「本来使える武器がなんの役にも立たないというのは本当に困ったものですね」

「まったくだよ……」

公爵家の地位、『麗《うるわ》しの歌姫』の名誉。このどちらか一つ持っているだけで、縁談を申し込んでくる貴族は引く手数多《あまた》である。

容姿や性格を抜きにしても、相手に困ることはない。

その強みを発揮することができないというのは、アリアにとって本当に分の悪いこと。

「あの、エレナ様やルーナ様にはお伝えされたのですか……？　ベレト様のことが気になっている、と。さすれば協力が得られることもあるというお話も交わしましたが」

「エレちゃんとはお昼休みにお話しする機会があったから、さりげなく伝えて……察してた」

「よい反応はされましたか？」

「驚きつつも喜んでくれた感じ……かな。でも、ベレト様には呆《あき》れてた」

「ふふ、『手が早い』というようなお気持ちだったのでしょうね。まだお付き合いされて間もないでしょうから」

理不尽な呆れを飛ばされるベレトだが、エレナからすれば避けようのない気持ちだろう。

「……でもね、エレちゃんに本気で注意されたことがあって」

「あのエレナ様にですか？」

「うん。ベレト様はいつでも相手を思い遣《や》る方だから、情に訴えるようなことだけはしないでって。もちろんこんなにビシッとした言い方じゃなかったけど」

「なるほど。『好意があるならば正々堂々と』ということですか。全員が純粋なお付き合いをされているからこそのご意見でしょうね」

「間違いないと思う」

「アリアお嬢様を相手にそのようなことを物申すのは、並大抵の覚悟ではなかったでしょう」

「……うん。エレちゃんが心から大好きな人なんだってことも、ベレト様が本当に素敵な人なんだってことも……改めてわかった」

「素敵な方の周りには、素敵な方が集まるものですからね」

学園には『平等』の校訓があるが、あくまで名ばかりのもの。

つまりは立場を重んじなければ、報復もあり得るのだ。

誰しもが理解していることを行う、というのはそういうこと。

「実際にアリアお嬢様のありのままを受け入れてくださりそうな方ばかり、ベレト様の周りには集まっているわけですし」

「こ、この姿をエレちゃんやルーちゃんに教えるのは本当に恥ずかしいけどなあ……」

「明るい未来を手にするならば、なんということもないのでは」

「サーニャの言う通りだよ」

「でしたらあとは頑張るのみ、ですね。アリアお嬢様のお気持ちはもう、エレナさんからルーナさんに共有されていることでしょうから」

「うん！　よ～し、頑張るぞ～」

鼓舞するように両手と両足をベッドの上で伸ばすアリア。

身長が身長なだけに、そのようなことをしても存在感はあまりない。

「……あ、サーニャ。わたしまだ聞いてないことがある」

「例の件、ですよね」

「例の件」

「……やる気を出されたタイミングですので、今はまだお聞きしない方がよろしいかと提案しますが」

「それでも教えて」

「承知しました」

今の提案からいい方向に転がっていないことを悟るアリアは、眉を寄せながら報告を聞く。

「アリアお嬢様のパートナーの候補にベレト様を挙げさせていただいた件ですが、やはり反応は芳《かんば》しくありませんでした。あちら側は我々と同格、もしくはそれ以上の地位をお求めですから」

「もー……。なんでわかってくれないんだか……」

「ふ、ですが私はなにも心配しておりませんよ。ベレト様の格や将来性を示すことさえできれば説得は可能ですから。現に納得していただけることを確信しておりますので」

「えっ、本当⁉︎」

バッと振り返るアリア。

この反応をするのは、おべっかを言わないサーニャだから。

「現在、ベレト様からお教えいただいた喉のケアが正しいのか、依頼をして検証をしております。アリアお嬢様の回復状態からして効果があることは確かなので、結果に結びつき次第、我々は提唱者としてさらなる地位を獲得します。その功績の陰にベレト様がいたとなれば、文句のつけようもありません」

「おお〜！」

「また、ベレト様の後ろ盾には商業に強いルクレール家や、誰もが求める聡明叡智《そうめいえいち》なペレンメル家もおります。そこにアリアお嬢様も加わるとなれば将来性も確かでしょうし、間違いなく喜ばれる条件です」

「ふふ、そっか……。そっか……」

アリアは、サーニャと同じように勝機を確信できることで、噛《か》み締めるように漏らした。

アリアにとっての一番の鬼門は、全ての決定権を握っている両親の了解を得られるのかというところ。

だが、この説明を聞けば大きな光が見えてくる。

「アリアお嬢様ならきっとベレト様に興味を持っていただけますよ。だらしない性格はマイナスでしかありませんが、そのマイナスを補えるものをちゃんと持っておりますので」

「もっと上手に鼓舞してほしかったよ……」

「ふふ、それは失礼いたしました」

と、『例の件』も話し終えたキリのよいところで。

シーツの端を持ったサーニャは、アリアの背中にどんどんと被《かぶ》せて体全体を包んでいく。

「では、お疲れのようなので少しお休みになってください。夕食ができ次第、お起こしに参りますので」

「ふぁ〜い……」

体を包まれれば、すぐに眠りのスイッチが入るアリアである。

睡魔が襲ってきたように目をうとうとさせるのだ。

「サーニャ……。本当にありがとうね……」

「私がここまで動いているのですから、アリアお嬢様には幸せになっていただかないと困りますよ」

「ふふふ……」

サーニャらしい軽口をしっかり耳に入れるアリアは、ドアが閉まった音を聞いた後、心地の良い眠りにつくのだった。

第四章　それぞれのやり取り

それから四日が経《た》ち、シアとのデートが明日に控えた金曜日のこと。

「ねえベレト……。さすがにその対応はどうかと思うのだけど」

「うふふ、気を遣ってくださったのですね」

「ち、ちょっと今はお邪魔のタイミングかなと……」

「まったくもう……。見知った仲なんだからそんなに他人行儀にならなくてもいいじゃないの」

「ははは……」

恋人でもある伯爵家のエレナと、公爵家のアリアの二人が仲良く話しているところに登校したベレト。

『水を差さないように』と、軽く会釈《えしゃく》をして席に着こうとした矢先、彼女からツンとした声をかけられていた。

「えっと、二人はお話の続きをどうぞ。こっちのことはお気になさらず」

「そんなつれないこと言わないであなたも会話に参加しなさいよ。ね、アリア様？」

「ええ、ご用がなければ是非そうしていただけると」

「そ、そうですか。ではお言葉に甘えまして……」

素のアリアと、偽っているアリアではやっぱり纏《まと》っているオーラが違う。

砕けた口調で話した仲ではあるが、こちらの姿では無意識に丁寧な態度を心がけるようになる。

——が、その時間は長く続かなかった。

「ベレト様、わたくしにもエレちゃんに使う口調と同じで構いませんよ。むしろそちらの方が嬉《うれ》しく思いますので」

「らしいわよ、ベレト」

「わ、わかりました」

逃げ道を塞ぐように微笑《ほほえ》んでくるアリアは、『わたくしには同じ言葉をかけないようお願いしますね』なんて圧を抜かりなく飛ばしてくる。

しかしながら、相変わらずの姿に安心する。

アリアと顔を合わせたのは月曜日以来、四日ぶりのこと。

招待される夜会や祝宴で歌を披露する関係で、学園への登校回数は一週間に二回程度。

喉を酷使しなければならない環境と、その状態を知っているベレトだからこそ、普段と変わらない様子を見て嬉しくも思うのだ。

「ちなみに二人はさっきまでどんな話をしてたの？」

「まあ浮いた話ってところね」

「つまり恋愛話ってこと……？」

「はい。と言いましても、わたくしはご無沙汰なので、エレちゃんに聞いてばかりではありますが」

「……へえ、それは本当に意外です」

「いいことを聞けたんじゃない？　ベレトは。一度チャレンジしてみたら？」

「そ、それはどう返すのが正解なのかな……？　うん……」

冗談でも『そうだね！　チャレンジしてみるよ！』なんて返さないのは、アリアを慕っている者に聞かれてしまった時の反応が怖いから。

最悪、殺されてしまいそうだから。

『図に乗ってる』と思われないように、しっかり受け流すベレトである。

「ふふっ、エレちゃんに信頼されている証拠ですね、ベレト様」

「信頼？」

「思慮分別のある人だと思われていなければ、そのように促されることは絶対にありませんから」

「っ！　そ、そんな説明はしなくていいわよアリア様……。褒めたらすぐ調子に乗り始めるんだから……」

「ほう……。ほうほう。いつもグチグチ言うエレナがそんな風にねえ……」

「ほらこうなるんだから！」

「そのお姿も好ましく思っているのでは？」

「も、もう……。そんなにベレトの味方をしなくてもいいじゃないの……」

「余計なお節介を大変申し訳ありません」

フリーであること。

エレナは歓迎していること。

この二つをベレトに強調してくれたお礼に、素直になれないエレナの本心を教えたアリアである。

「とりあえず……ベレトは今の言葉を真に受けたら許さないわよ」

「嬉しいから真に受けとく」

「あなたのこともう嫌いになりそうだわ。この一件で」

「それは大変だ」

様子。

身分や立場は違えど、対等に、なんでも言い合えている様子。打ち解けて楽しんでいる

晩餐《ばんさん》会の時、ルーナやシアの二人もそんな様子だった。

これはベレトの懐《ふところ》の深さがもたらしていることだろう。

そんなベレトと関わっていくだけ、『目をつけた相手』に間違いがないことを実感する

だけでなく、このまま将来を共にするのだと考えると、羨むばかりの光景がアリアの目の

前には広がっていた。

――権力第一の家庭環境で厳しく育てられたアリアだからこそ、なおのことそう思うの

だ。

「……本当に仲がおよろしいのですね」

「こ、これに関してはその……ベレトのおかげと言っても過言ではないのだけどね……。

こんな態度を取っても許してくれるから」

「ふふふ、専属のシアちゃんまで想《おも》いを馳《は》せてしまうのも納得です」

「あ、ありがとうございます……」

身分の低い者ほど肩身の狭い思いをするのがこの世の常。

そして、命令されてばかりで、雑に扱われる立場でもある――専属侍女が主人と将来も

共にしたいと考えるのは、当然珍しい話。

　大事にされていなければ、絶対に起こり得ないこと。

「そういえばあたし、晩餐会以降にシアと会えていないのだけど、ちゃんと恋人らしいことしてあげてるのかしら。あなたは」

「一応、明日の土曜日に二人で一緒に過ごす予定にはなってて」

「あら、それは素敵ですね」

「ふーん。シアを退屈させたら許さないわよ」

「え、えっと……。エレナが言ったことについてはかなり自信がなかったりで……」

「そうなのですか？」

　アリアが先に疑問を口にすれば、エレナも同様に首を傾《かし》げる。

「実は元々外出するプランでシアに声をかけたんだけど、シアは『屋敷内がいい』ってことらしくて……。もちろん要望通りにしたんだけど、未《いま》だに屋敷内の楽しみ方が見つけられてないっていうか……」

「なるほどねえ。シアにとっては特別なことをするよりも、あなたとの日常を共にする方が好きなんでしょうね、きっと。一種の職業病のようなものじゃないかしら」

「多分そんな感じなんだと思う」

「でしたら楽しませようというスタンスではなく、シアちゃんと一緒にのんびりと過ごす、というくらいの考え方がよいのかもしれないですね」

「確かにそうですね！」

「どうせならシアがしたいこと全部に付き合ってみたらどう……？　普段は命令する立場でもあるでしょうから、逆に命令される立場になってみる、なんていうのも面白いと思うけど」

「っ！」

ここで耳を疑う発言を聞く。

細い眉を動かし、目を丸くするアリアを他所《よそ》に、ベレトは表情を明るくする。

「あっ、それいいね！　うん、それがいいかも！　シアのことだからなにかと遠慮するのは間違いないだろうし」

「まあ押しつけすぎないようにだけお願いするわね。お互いが納得する形じゃないと成立しないことだから」

「わかった。そこら辺は様子を窺《うかが》いながらにするよ」

「その日のこと後日シアに確認するから慎重に動きなさいよね。もしあの子が言葉を濁した時には覚悟なさいよ」

「その時はビシッと頼むよ」

『言葉を濁すような』と喩《たと》えたのは、主人であるベレトの評価を落とすようなことは絶対にしないシアだから。

口にもしないシアだから。

そして、二人のやり取りを聞くアリアは未だ呆気《あっけ》に取られるばかりである。

「――っと、ごめん。ちょっと自分はお手洗いに行ってくるよ。さっきまで明日のことが不安だったから、それどころじゃなくってさ」

「そんな説明はいらないから早く行ってきなさいよ……」

「はは、それじゃあ失礼して……。こんな相談にも乗ってくれてありがとう」

頭を下げてお礼を言い残した後、くるっと体の向きを回転させて教室から廊下に出ていくベレト。

相変わらずの様子に『はあ』とため息をついたところ、アリアはようやく口を開くのだ。

「ほ、本当に不思議なお方ですね……。普段から仕えている専属侍女に命令されることになんの抵抗も見せないどころか、喜ばれるだなんて……」

「普通は激昂《げっこう》ものよねえ。あの提案をしたあたしにも。この感覚を失わないように苦労してばかりなの」

肝を冷やしたような表情からも、アリアの驚きようは十分に伝わる。

「少し心配だから確認させていただきたいのだけど……。アレを某候補の一人としたこと、アリア様は後悔されていないかしら。改めてだけど、本当にいろいろと変わってる人だから」

「うふふ、なおのこと、というところですね」

「そう。ならよかった」

言葉通りの表情を見せて問いかけに答えるアリアに、口元を緩めて目を細めながら返すエレナ。

『麗《うるわ》しの歌姫』と呼ばれる相手から恋人のいいところを認めてもらえるのは、簡単な返事しかできないくらいに嬉しいことだったのだ。

＊＊＊

「お読書中に失礼いたします、ルーナ様」

「――っ」

「あっ、おおおお驚かせてしまって本当に申し訳ありません！」

その数時間後になる図書室の中。

足音にも気配にも気づくことができず、いつの間にか隣にいた人物に声をかけられたルーナは、体をビクつかせた後、見知った相手を視界に入れ、すぐに落ち着きを取り戻していた。

「……あ、シアさんでしたか。こちらこそすみません、これほどまでに気づくことができず」

「いえ、私のせいです。ご迷惑になるかと思いまして、足音等考えてこちらに足を運ばせていただいたもので……」

「……どうりで」

いつもならば絶対に気づくのに、そうできなかったというのは、シアが持っていたスキルを使ったということ。

とんでもない能力を披露されたルーナは、ベレトからもらった栞《しおり》を本に挟み、椅子から立ち上がりながら状況の整理に努めていた。

「と、ご挨拶がまだでしたね。シアさんとは晩餐会以来になりますか」

「は、はい！　先日は大変お世話になりました。なにかとご負担になることがあるかとは思いますが、引き続きベレト様をよろしくお願いいたします！」

「そちらは覚悟の上です。また、よろしくしていただくのはわたしの方ですよ。シアさんも含め、今後とも」

お互いに笑みを返しながら、関係が変わったことを示唆しながら言葉を交わす。

「それで本日はどのようなご用件でしょうか。喜んでお話しさせていただきますよ」

「え、えっと、不躾《ぶしつけ》で恐縮なのですが、ルーナ様にご相談に乗っていただきたいことがありまして……！」

「相談ですか。一旦、内容をお聞きしても」

「ご相談の内容は……ベレト様に関することになります」

「なるほど。そちらについてはわたしよりもエレナ嬢の方がお力になれるのではと思うのですが、よろしいのですか」

ルーナの心に引っかかったのがこれ。

エレナの方がシアやベレトと多く関わっている。つまり、自分以上に相手を知っているとも言えて、意見も幅広いはず。

その点から代案を伝えるが、シアは苦笑いを浮かべて首を左右に振った。

「おっしゃる通り、エレナ様も良いご意見をくださると思うのですが、お会いするために教室に向かおうとしますと、当然ベレト様が……」

「理解しました。隣にいるはずですし、彼のことですから『なにかあったのでは』と心配されて必ず首を突っ込んできますね」

「はい……。さらには恥ずかしい内容にもなりますので、私が相談していたということをベレト様には極力知られたくなく……」

「図書室に一人でいるわたしに声をかける方が都合もよかったのですね」

さまざまなことを考えた上で頼ってきた。と考えると大きなプレッシャーを感じるが、こうして頼ってくれるのは本当に嬉《うれ》しいこと。

「では、立ち話はこれくらいで。腰を下ろしましょうか」

「ありがとうございます」

目の前にある椅子を引こうとすれば、先に手を置いて『私が』とさりげなくアピールするシア。

相手がどのような行動を取ろうとしているのか、しっかり見て判断して自然な一手を打つのはさすがの一言だろう。

お互い席につけば、早速、本題になる。

「それではシアさんの相談ごとについてですが」

「あ、あのですね……。実は明日の土曜日、ベレト様にお声をかけていただき、ご一緒することが叶《かな》うのですが……」

「ふふ、『デート』と口にされても罰は当たりませんよ。その方が喜ばしいでしょうし、わたしが苦々しく思うようなこともありませんから」

「っ‼」

慎《つつ》ましさ溢《あふ》れるシアの言葉だが、濁さない言い方の方が嬉しいに決まっている。

そう断言できるのは、同じ女心を持っているルーナだから。

ベレトと一度、デートしたこともあるルーナだから。

「えへへ……。でしたらお言葉に甘えて……」

『嫌な気持ちになることがあるのかもしれない』と、考慮して言葉を選んでいたシアだが、このように言われてしまえば締まりのない表情になる。

しかし、シアにとってこの相談は本当に真剣なもの。

次の言葉を発する時には、キリッとした顔に戻すのだ。

「で、ではベレト様と……お、おデートをさせていただけることになったのですが、私はベレト様が想定していた外出ではなく、お屋敷内との希望を伝えてしまいまして……ですね」

「シアさんのことですから、無理やり意見を通したわけではないかと思います。特に問題に感じることはないのでは」

「話の流れには私も問題がなかったように感じます。……ですが、お屋敷内を選んでしまったことで、独りよがりな楽しみ方になってしまうかもしれない、という不安が後々になって湧き上がってしまいまして……」

デートに舞い上がってしまった結果、ルンルン気分が取れずにいた結果、本来すぐに気づくべきことに気づくことができなかった。

「全ては私が希望したことなのですが、ベレト様とご一緒に楽しむことを考えると、やはり外出を選択するべきだったのかなと……」

「確かに外出であれば、ご自宅と比べてさまざまな時間の使い方ができるのは間違いありません。シアさんが抱く不安は十分理解できます」

「そ、そうですよね⁉」

「また、『独りよがりな』という点につきましても同意です。わたしが彼とデートをした日、王立図書館に立ち寄ることが決まった際に同じことを思いましたから」

「……」

「しかしながら、心配することはなにもありませんよ。趣味に合わない場合でも、彼は彼なりの楽しみ方を見つけますから」

ルーナもシアと同じ不安を抱いた者。

王立図書館に立ち寄った時、ベレト本人に聞いて、不安を取り除くことができた者。

状況に当てはまっているからこそ、安心させる言葉を伝えることができる。

「で、では……お勉強をご一緒にしたい……という場合もでしょうか……」

「はい」

「例えば、園庭で一緒にお花を見たい……という場合もでしょうか……」

「はい」

「例えば、一緒に日向《ひなた》ぼっこをしたいという場合でもでしょうか……」

「ふふ、そちらがシアさんのデートプランですか。シアさんは彼との日常に重きを置いているのですね」

『……コク』

プランがバレてしまったことの動揺を露《あら》わにするように、少しの間を置いて頷《うなず》いたシアである。

「普段からお世話になっているお屋敷の中を、思い出の場所にしたいという想《おも》いがありまして……」

「思い出の場所にもなるとお仕事にもより気合いも入るでしょうし、デートの内容をすぐ思い返すことができそうですね」

「は、はいっ」

図星を突かれて照れ笑いを見せる。

シアにとってベレトとの初めてのデートなのだ。

『たくさんの思い出を作りたい』と考えるのも、『いつでも思い返せるようにしたい』と、考えることも自然なこと。

多くの人がデート場所に外を選ばないことを驚くだろうが、本人にとってはこれがベストな選択なのだ。

「すみません、お話が脱線してしまいましたね。一緒に日向ぼっこをする場合にも同様に楽しんでもらえますよ」

「……ひ、日向ぼっこはポカポカするだけですので、退屈なお時間にならないでしょうか……。ベレト様は楽しみ方を見つけられるでしょうか……」

「これはわたしの個人的な意見ですが、関係を深めるデートでしたら、『なにをするか』というのはあまり関係ないかと」

「え……」

「シアさんは彼が隣にいるだけで満足されますよね」

「それはもちろんですっ！　ベレト様が隣にいらっしゃるならば、いついかなる時でも幸せを感じます！」

「彼もそれに似た想いがあるからこそ、シアさんにデート場所をお聞きしたのだと思いますよ。心優しいあの方ですが、嫌なことは嫌だとしっかり主張できる強い人ですからね」

「っ！」

これもルーナがベレトとデートをした時に教えてもらったこと。嘘《うそ》偽りない発言だと感じたこと。

「そう言っていただけると安心できます……。ベレト様のお口からもお聞きできたらいいな……」

「質問一つで答えてもらえると思いますが」

「い、いざそのようなお返事をいただいた時には……もう心臓が止まってしまいますので……!!」

「ふふ、それは大変ですね」

誇張表現ではないと感じられるくらいに顔を真っ赤にして両手をぶんぶんと振っているシア。

また、同性であっても可愛《かわい》らしいと感じる仕草。

頭の中で同じことをシミュレーションしてみるルーナだが、似合わないと悟ってすぐにスンとなる。

「なにはともあれ、あまり気負う必要はありませんよ。むしろ特別な日なのですから、素直な自分を見せた方が喜ばれると思います」

「度が過ぎてしまった場合、嫌われたりしませんでしょうか……」

「限度はあるかと思いますが、シアさんならばラインを見極められることでしょうし、しっかり自重できるのでは」

「……」

その言葉を耳に入れた瞬間、丸みを帯びた目を逸《そ》らすシア。それはもうバツが悪そうに。

『自重できる自信はなく……』と、言わんばかりの様子には苦笑いを浮かべる外ないルーナだった。

「では、そのようなことが起きた場合にはわたしに教えてください。『シアさんを焚《た》きつけてしまった』と彼に伝えにいきますから」

「さ、さすがにそのようなことは……！　相談に乗っていただいただけで私はもう十分ですので！」

「正直に言えば、こちらの件はわたしにもメリットがあるので、甘えていただけると助かります」

「ルーナ様にも……ですか？」

「本来ならば『勝手なことを焚きつけて』と叱責されるところですが、彼なら笑って許してくれますから。また、会いにいく口実もできるので」

「ほ、本当の本当にありがとうございます……。それでは、その際には……！」

「お礼は結構ですよ。先ほどもお教えした通り、わたしにもメリットがあることですから」

相手はあのベレトなのだ。

なにかあった時には、むしろ任せてほしいくらいで考えているルーナである。

「で、ですが、ルーナ様ならそのような口実がなくともベレト様にお会いできるはずですし……」

「案外そうではないかもしれませんよ」

「ふふっ、とても信じられないです」

「ではいつの日か、彼と繋《つな》いでもらうようシアさんにお願いさせてもらってもよろしいですか」

「もちろんですっ！　その際には私もベレト様とお会いする口実ができますので！」

「では、彼の年下同士、お互いに協力をしていきましょうということで」

「是非っ！」

そして、キリ良く話も終わる。

時間的にもお別れはちょうどいいタイミングだった。

「……ではルーナ様、改めて本日はありがとうございました。ご相談に乗ってくださったおかげでとても気持ちが楽になりました」

「お力になれたようでなによりです。よりよい休日になることを願っていますよ」

「が、頑張ります……！」

「良いご報告、お待ちしてますね」

「はいっ！　本当に頑張りますっ‼」

互いに席を立ち、最後の挨拶を仲良く交わす二人。

『お見送りは大丈夫ですので！』と先手を打たれたルーナは、二階から一階に下りて行き、退室していくシアを見守る。

そうして彼女がこの場を去り、静けさを取り戻した図書室。

ルーナはすぐに読書に戻ることはなく、心を落ち着かせるように、机の周りをゆっくり歩いていた。

「わたしも成長しましたね……。純粋に応援できるようになって」

『ベレトが他の相手と楽しそうにしている』

今まではこれに嫉妬していたルーナだが、今回はもう違った。

「ふふ……」

特別な関係になったことで、心に余裕が持てていることを実感する。

全員で楽しい関係を作っていけたら、という考えにシフトできている。

また、ベレトが全員を大切に扱おうとしているから、安心の気持ちもある。

「……さて、次ですね」

今日は相談の中で、とても良いことを聞くことができた。

『シアとデートする予定』なのだと。

ともすれば、次のデートの順番は自分になる。

「あなたからのお誘い……誰にも負けないくらいに待っていますよ」

この声を彼の胸に届かせるように——少しばかり開いた窓を見て。

一つ言い終えると、彼からプレゼントされた栞《しおり》を挟んだ本を胸に抱き留めるルーナだった。

第五章　シアとのデート・一

暖かな朝の光が窓から差し込む寝室。

早寝早起きが習慣化したベレトは、大きな伸びをしながら上半身を起こしていた。

「ん～！　よく寝たなあ～」

今日──シアと約束をした土曜日。

待ち遠しく思っていた日だからこそ、普段以上にシャキッとした目覚めができていた。

「……って、今日も覗《のぞ》きにきたんだ。シアは」

ベッドの上で睡眠を取るだけに、全体的にシワができているシーツだが、肩に近い箇所だけ不自然にシワが伸びているのだ。

これは最近になって気づいたこと。

シアが寝室に入ってきた証拠だと。

寝顔を覗き込むためにベッドに置いた手の痕跡を隠したものだと。

正直、寝顔を見られるというのはとてつもなく恥ずかしいこと。

あまり覗かれたくないことでもあるが、『少しでも早くご一緒したい』という気持ちからの行動であることを聞いているのだ。

その理由を知るだけに、『ダメ』ということはさすがにできなかった。

黙認せざるを得なかった。

ただ、こちらの恥ずかしいという気持ちは十分に伝わっているのか、覗き込んだ証拠を消すようになったのだ。

「完璧な隠蔽のせいで逆にわかっちゃうんだけどね……。はは」

わかりやすい証拠を残しているだけでも微笑《ほほえ》ましいが、朝早くから一生懸命痕跡を消そうとしていることを想像するとなおのことである。

「……あっ、そうだ」

ここでベレトは一つ思いつく。

（今日はちょっとだけイタズラしてみようかな……。もし成功すれば、あの考えも通せそうだし……）

デートの日でもあり、休日でもある今日。

寝室を出なかった場合、シアがあと一〇分少々で起こしにくる。

『どうせなら』と頭を働かせ、イタズラに選んだのはこれ。

「おいしょ、おいしょ……」

パーの手を作り、ピンと張った箇所のフラットシーツに押し当て、跡をつけ直していくというもの。

『寝たふりをする』というのも一案にあったが、〝大切な日〟に寝過ごすようなイタズラは、シアにとって気持ちのいいものではない。

寝ているところを覗き込んでくるだけに、寝たふりでどんな反応をするのか興味はあるが、ここは自制をするべきところ。

「さてと……」

跡がくっきりついていることを確認すれば、あとは楽しみにシアを待つだけ。

そんな彼女が寝室のドアをノックしたのは、普段の時間ピッタリだった。

「おはようございます、ベレト様！　朝になりますが起きていらっしゃいますでしょうか」

「おはようシア。入っていいよ」

「それでは失礼しますっ」

早朝の時間でもハキハキした声は健在。指示に従って入室するシアを見て、ベレトはすぐに気づく。

「あっ、今日はいつもと服が違うね」

「はい……。本日はその……私にとって特別な日ですから、相応《ふさわ》しい洋服を選ばせていただきました」

「似合ってて可愛《かわい》いよ」

「も、もったいないお言葉です……」

褒めた瞬間、もじもじと身を縮こませながら首から上を真っ赤にさせるシア。

まだ顔を合わせて数秒のことだが、このような調子で一日体が持つのか少し心配になる。

(これ、イタズラしない方がよかったのかも……。いや、絶対その方がよかったかも……)

ベレトが心の中で呟《つぶや》いた理由は一つ。

そんな彼女が、さらに余裕を失うようにベッドに視線を固定させたから。

『なんで跡がついてるの⁉』という表情を露《あら》わにして。

一杯一杯と言えるような状態でも、観察力が鈍っていないのはすごいとしか言いようがない。

「べ、ベレト様！」

「なに？」

「あ、あの……少々お待ちくださいませ‼」

そして、シアはすぐに動いた。

この声をかけながらベッドに近づき――パン生地を両手で捏《こ》ねるように跡を消し始めたのだ。

『カサカサカサカサ』というシーツの音を響かせて。

最初は失敗したかと思ったが、この愛《いと》しい姿を見られると、してよかったとも思えてくる。

「あれ、どうかしたの？　シアは」

「な、なんと言いますか、なんと言いましょうか……はい！」

消したはずの跡がなぜか残っている衝撃と、バレるわけにはいかないという思いで板挟みなのだろう。

中身がなさすぎる言い訳でどうにか誤魔化そうとしているシアに言う。

「ちなみに……今日もこっそり寝室に侵入したでしょ？」

「っ⁉　ど、どどどうしてそう思うのですか……⁉」

「その跡をつけたの、俺だったり」

そう口にした瞬間、ピタッとシアの手が止まった。

次の言われることを前もって察したように、顔全体にさらなる赤みを帯びていくシアがいる。

「もし侵入していないなら、そんなことはしないんじゃないかな～」

「お、お気づきだったのですか……⁉」

「まあね」

「う、うぅ……。本当にごめんなさい……っ」

「あはは、怒ってないから大丈夫だよ。元々注意していないわけで、逆にイタズラしちゃってごめんね」

観念したように手で顔を覆うシアをすぐに安心させるように言う。

晩餐会《ばんさん》の翌日だったか、寝顔を覗き込んでいたシアと目が合った時、言葉通り注意をしてなかったのだ。

シアとは特別な関係。

咎《とが》められなかったのなら、同じ行動を取るのは不思議なことではない。

その一方、勝手に主人の寝室に侵入するというのはイケナイこと。

「さすがに（恥ずかしいから）許可は出せないけど、次はバレないようにお願いね」

「あ、ありがとうございます……っ。頑張ります……」

「ははっ、どういたしまして」

（——って、お礼を言うのは俺の方だけどね）

胸中ではそう付け加える。

シアがその行動を取ってくれるおかげで安心できるのだ。

今日もまた少しでも早く一緒したいんだ、という気持ちを素直に受け取ることができることで。

「ただ！　悪いことをしたことには違いないから、今から俺が言うことをシアには呑《の》んでもらいます」

「い、如何《いか》なることでも承ります！」

「よーし」

ここでようやく、ベレトがイタズラをした本当の理由を話すことができる。

「じゃあ今日のデートプランはシアに一任するのが一点目。その他にシアがしたいことを遠慮なくしてください」

「えっ……」

「二点目。今日は無礼講ってことで、シアが俺に命令しても問題ありません。むしろ一回くらいは俺にできることを命令してもらおうと思ってます」

「えっ⁉」

人差し指、次に中指を立てて簡潔に伝えれば、二段階で面白い反応をしてくれる。

「こうした楽しみ方は屋敷内でしかできないことだしね。だから今日は屋敷内でできることを最大限に楽しもうよ」

「あ、あのあの、ベレト様にたくさんお伺いしたいことが……」

「どうぞ」

「ほ、本当に私に一任をしてよろしいのですか？　そのような形ですと、ベレト様とご一緒にお勉強をさせていただいたり、園庭に一緒にお花を見に行ったり、日向《ひなた》ぼっこにお付き合いいただいたり、という風になってしまいまして……」

「もちろん大丈夫だよ。むしろ全部楽しみなくらい」

「本当ですか……？」

「一人で黙々と勉強するのは面白くないけど、シアが隣にいてくれるしね」

「……っ」

質素なデート内容だと言われたらそうかもしれないが——。

（本当、シアらしい考えで……）

つい口元が緩む。

「ベレト様は日向ぼっこも楽しみにされているのですか……？」

「正直、それを一番の楽しみにしていたり」

「それは、全体的に面白くないプランだからと言うわけでは……」

「いや違う違う！　それは本当に！」

ほんの一瞬で声を震わせてたシア。

目までうるうるとなっている気がする。

確かにその捉え方もできてしまうかもしれないが、そんな意味で言っているわけではない。

「なにはともあれ、すぐわかると思うよ。今の言葉が誤解なこと」

「……」

「そもそも、嫌なことは嫌ってちゃんと言えるんだよ？　俺って。そう言わないのはそういうこと」

「は、はい……っ。承知しました……」

真剣な表情で訴えたからか、すぐに安堵《あんど》の笑みを見せてくれた。

「……ルーナ様がおっしゃっていた通りです……」

「ん？　ルーナがなんだって？」

「い、いえっ！　なななんでもございません！」

「そっか」

（今の反応からするに、絶対になんでもないわけじゃないと思うけど……）

追及されたくない反応なのは言うまでもない。

是非とも教えてほしいところだが、シアのことを考えて流すことにする。

「それじゃ九時くらいから二人で過ごす形で大丈夫？　シアもこの時間はやることがあると思うから」

「助かります！」

自分は朝食や簡単な身支度を。

シアはこの部屋のベッドメイキングや清掃を。

やるべきことをお互いに済ませてから、という方がデートに集中できるだろう。

「それでは九時にベレト様のお部屋に向かわせていただきますね！」

「了解！　あ、どうせなら最初に勉強しちゃおっか」

「承知しましたっ」

「それじゃあまたあとで。楽しみに待ってるよ」

「私も楽しみにしておりますっ‼」

そうして、話に区切りをつけて一旦別れる二人。

デートの時間が訪れるのはすぐのことだった。

＊＊＊

時刻は朝の九時を迎える。

ベレトの自室では、向かい合うようにして椅子に座り、それぞれの勉強に取り組み始めていたが——。

「……ん？」

「あ……」

もう何度目だろうか。

「…………ん？」

「あ……」

勉強の手を止めて、目を合わせる二人がいた。

いや、正確に表現すれば、正面からの視線を感じて目を合わせるベレトと、目が合った瞬間、小さな声を漏らして目を伏せるシアがいた。

「なにかあれば遠慮なく声かけてくれていいからね、シア。俺も同じように声かけようと

は伝わってくる。
『勉強中』というのが気がかりだったのか、もじもじとした様子からなにか言いたげなの
思ってるからさ」

素直な気持ちを伝えれば、ようやく口を動かしてくれた。

「え、えっと……ですね、ベレト様のご自室でこのように過ごせていることが、とても幸せで……」

「えっ？　あ、あはは。さっきはそれを伝えようとしてくれてたんだ？」

「はい……」

勉強を始めてまだ一〇分弱。

予想もしていなかった早すぎる言葉に、はにかむばかりのベレトである。

「あとはその、とても嬉《うれ》しいこともありまして……」

「一緒に勉強してる以外で？」

「もちろんそちらもあるのですが、ベレト様が今使われている羽根ペン……。私がプレゼントのお返しをさせていただいた時のものですから」

右手に持っていた羽根ペンにチラッと目を向け、控えめに主張をするシア。

「あっ！　そういえば、シアに使ってるところまだ一度も見せたことがなかったね⁉　本

当ごめん！」

「いえ、身に着けるようなものではないので当然のことだと思います。そ、それでそちらの使い心地は……どうでしょうか？」

「もうバッチリだよ。自室じゃ絶対にこれを使っているくらいで」

「でしたら安心いたしました……。お贈りしたものを使っていただけているところを見るというのは、こんなにも嬉しいものなのですね。えへへ……」

ずっと気がかりだったことが解決したのか、むふっとした笑顔になるシア。

そんな彼女を見て、勉強のスイッチを一度落とすベレトだった。

「俺も俺で嬉しい思いをさせてもらってるよ。プレゼントしたものをいつも身に着けてくれてるシアだから」

「っ！」

丸みのある目を見ながら、しっかりと言い切る。

学園がある日も、晩餐会があった日も、休日も、肌身離さず髪留めと紫水晶のネックレスを着けているシアなのだ。

シアと顔を合わせれば、絶対に目にするようになった二点である。

「そうだ、いいこと思いついた。明日から勉強する時、シアに一声かけるようにするからさ、もし時間に余裕があればこの羽根ペンを使ってるところ覗《のぞ》きにきていいよ」

「本当ですか⁉」

「うん。もし仕事のノルマが終わったり、時間に余裕があったら、今日みたいに一緒に勉強することもOKだから」

「ありがとうございます！　ではその際には！」

「いつでも待ってるよ」

ぱあぁぁと、キラキラした表情を浮かべるシアに口角を上げて返事をするベレトは、ここでもう一つ伝える。

「……ちなみになんだけど、一人で勉強するのが寂しいってなった時は無理やり誘っちゃってもいい？」

「その際には諸手《もろて》を挙げてお邪魔させていただきますっ！」

「ははは、そんなに喜んでくれるんだ？」

「当然です‼」

コクコクと何度も頷《うなず》きながら気持ちのいい返事をしてくれる。

本当にシアといるだけでたくさんの元気がもらえる。

「ありがとう。それならもっと勉強頑張れるよ」

「ベルト様は最近、勉学に力を入れられているような気がしているのですが」

「あー。それはなんていうか、将来のことをちゃんと見据えられて、今後の夢も明確に決まったからかな」

「その夢は私がお伺いできるものでしょうか？」

「いいよ。こんな時じゃないと話す機会もないと思うしね」

教室でエレナにはざっくり話をしたが、シアにはまだ話してはいなかった。

少し勇気を出す内容になるが、この機会はうってつけだろう。

本気度を伝えるためにも、堂々と話すことにする。

「その夢のことなんだけど、将来は立派な領主になって、平和な環境でみんなと幸せに暮らしたいなって……」

「っ」

来年の春には学園も卒業……。今から精を出して取り掛かるには遅いだろう。

しかし、開き直ったり、諦めたりして『なにもしない』というのは絶対に間違っている。

時間が足りなかろうが、やれることをやるのみ。

「そのために今必要なのは勉強で、当たり前の話だけど、自分についてきてくれたことを絶対に後悔させたくないから」

「……」

「特にシアはさ、従者の誰もが憧れる王宮に仕えて安泰な将来を過ごすことができる道もあるのに、今まで厳しく当たられて辛《つら》い思いをしてきたのに、それでも俺と一緒にいてくれようとして……変わらずに尽くそうとしてくれてる」

記憶の片隅にずっと残っているのだ。

シアが今までどんな酷《ひど》い言葉や態度、扱いをされていたのかを。

体を震えさせるほど怯《おび》えていたことを。

今はもう片鱗《へんりん》も感じないが、事実としてあったのだ。

「だから、これだけは絶対に叶《かな》えたくて、勉強に力を入れてて」

「ベレト様……」

「あ、あはは……」

熱っぽい目に、声。赤らんだ顔。

そんな彼女を見てしまうと、全ての耐性がなくなってしまうように照れてしまうベレトである。

「──って、ちょっと変な空気になっちゃったね。ごめんごめん……」

強い気持ちを持っているだけに、ピリピリとした空気を作って語ってしまった。

頬を掻《か》きながら声色を変え、どうにかこの雰囲気を払拭《ふっしょく》する。

「えっと、つまりその、ちゃんと結果が出て言わないと説得力もないし、気が早い話でもあるから、この話はエレナとルーナには内緒にしててね⁉」

「……」

「シ、シア？」

いつもは『わかりました！』と、返事をしてくれるシアだが、なぜか無言を貫いている今。

「内緒にするのは……まだ難しいかもしれないです……」

「ッ⁉」

次に発した言葉は、ベレトが予想していなかったもの――。

そして、急に椅子から立ち上がったと思えば、小さい歩幅で隣に移動してくるシアは、無言の訴えのままに両手をこちらに伸ばしてきたのだ。

「……」

「……」

『今日は無礼講ってことで』というのに従っているのは、普段とは違う言動を取っていることで明らかなこと。

羞恥の表情と期待の目で待機している。

シアがなにを求めているのかも、『まだ難しい』とあえて言った理由も、どうすれば内緒にしてくれるのかも、この時……理解した。

座ったまま彼女と同じように手を伸ばせば、ギュッと目を瞑《つぶ》って勢いのままに胸に飛び込んできたのだ。

——すぐに手を背中に回し、『すぐには離れないぞ』という意思も見せて。

「あ、甘えるのは少し早いような……」

なんて軽口を言いながらも、抱きしめ返すのはベレトである。

「申し訳ありません。嬉しくて……嬉しくて、我慢ができませんでした……」

「……ん」

「私のことまで考えてくださって勉学に取り組まれていたなんて……。本当に、嬉しいばかりです……。ベレト様……」

「期待に添えるように頑張るからね、俺も」

スポッと入るような小さな体に、華奢《きゃしゃ》な力。

それでもシアが強く抱きしめていることがわかる。

羽根ペンの件と、将来の件。

この二つの嬉しさが重なった結果、気持ちが溢《あふ》れたのだろう。

「……」

「……」

それは、体を離す気配すら見えないほど。

「ねえシア。これでさっきの話は内緒にしてくれる？」

「……まだ、です」

「じゃあ、この時間がまだ続けば……？」

「します……」

今は片時とも離れたくないのか、即答で意思表示するシアだった。

ギューギューと、頭を押しつけてもくる。

「本当、シアは甘えん坊なんだから」

「ベルト様がおっしゃいましたもん……」

「はは、それはすみませんでした」

『したいことは遠慮なく』と言った、との主張には返す言葉もないが、やられてばかりもいられない。

背中に回したハグの手をシアの頭に変え、包み込むように再び抱きしめ返す。

その時間が何十秒と続いただろうか——。

ベルトは、さらに反撃を食《く》らうことになる。

「……ベルト様……」

「ん？」

この問いかけに返事をしたことで——。

「——心から、お慕いしております……」

「ッ‼」

顔を埋《うず》めながら心にも言葉が届くように……。一度だけ口で伝えてきたシアは、もう言葉を発することはなかった。

今の時間をかけがえのないものにするように、ギュッと力を加えてくるだけで置物のように動かなくなった。

そして、顔を見せられないくらいに恥ずかしい気持ちに襲われているのか、彼女の体は熱があるかのようにポカポカとした温かさがあった。

そんな熱い体を抱き留めるままのベルトは、数十分にわたって甘えられるばかりだった。

それから三時間後のこと。

求め、求められる一幕があった勉強会も終わり、お昼を迎えた現在。

「シアと二人でここに来たのって初めてじゃないっけ？」

「はいっ。ですので、いつの日かベレト様とご一緒したかった場所でして！」

暖かな日差しを浴びる二人は、この屋敷で働く庭師に軽く挨拶を交わした後、敷地内に作られた園庭にいた。

「見慣れた光景だったからあまり気に留めてなかったけど、こうして近くで見ると本当に綺麗《きれい》だね」

「そうなんです！　私、お花が大好きなのでよく観察させてもらってまして！」

「日向《ひなた》ぼっこの前後にだよね」

「えっ⁉　ど、どどどどうしてそれを……」

「どうしてもなにも、俺の部屋はあそこだから」

ベレトが園庭から指差すのは、屋敷二階の自室。

部屋の位置関係で、窓から園庭を一望することができるのだ。

「だから窓から外を覗いた時、たまに見かけるんだよね。シアがお花を見てるところとか、縁台で日向ぼっこしてるところを」

「ぜ、全然気づかなかったです……。私、ベレト様に変なところをお見せしていなかった

「変なことはなにも。ただ、蝶々《ちょうちょう》を手で捕まえようとしてたところは面白かったな。頭の上に乗られたりもしてて」

「っ！　そ、それが変なところですよっ‼」

「ふふ、俺はそう思ってないから」

つい最近のことで鮮明に覚えている。

シアが綺麗に咲いた花を屈《かが》んで見ていた時、蝶々が隣の花に止まったのを見て——捕食者のように瞬時に体の向きを変えた彼女を。

そのまま数十秒見つめ、ゆっくりゆっくり両手を伸ばし、蝶々の体を傷つけないように、これまたスローで捕まえようとした彼女を。

そんなシアの手に気づいたか、花の蜜を吸い終わったからかは定《さだ》かではないが、簡単に逃げられてしまった結果……彼女の頭の上で羽を休めた蝶々だった。

「本当にシアらしいところを見ることができたよ。蝶々が頭の上に乗った瞬間、体を動かさないようにしてたり」

「あの時は全然飛び立とうとしてくれなくて、本当に困りました……」

「『どうしようー』って困った顔してたもんね」

「わ、私のことすごく見てるじゃないですかベレト様！」

「オフのシアを見られる機会って珍しいから、ついつい」

「も、もうぅ……」

シアに気づいても声をかけなかったのは、静かに見守るようにしていたのは、これが一番の理由。

珍しい姿を一人で楽しませてもらっていた。

「これからはお外でも気を引き締めることにします……。園庭からベレト様の自室を定期的に確認することにします」

「えー。それは黙認してもらわないとフェアじゃないと思うなぁ。どこかの誰かさんは寝顔を覗《のぞ》きにきてるわけで」

「……ぁ」

ハッとしたような顔と、二の句が継げないような顔を混合させたような、喩《たと》えるにはなんとも難しい表情をするシア。

「で、でも……。嫌われてしまったり……」

「それは考えすぎだよ。オフのシアを見られなくなる方が嫌だし、仕事中のシアも、オフのシアも、どっちも素敵に思ってるんだから」

「って、そこは反応してくれな――」

花を見ながら言葉を続けていたベレトが、反応のないシアに目を向けた時、言葉を詰まらせることになる。

綺麗な園庭の中、両手で両目を覆い、視界を完全にブロックしている彼女を確認したことで。

「……えっと、そんなに恥ずかしがられると、俺ももっと恥ずかしくなるっていうか……」

「……」

「ベレト様のせいです……」

「シアが『外でも気を引き締める』って言ったせいだよ」

「ベレト様がいきなり褒めてくださるせいです……」

「シアが心の準備をしてなかったせい」

お互いに羞恥を抱きながらもスラスラと言い合えている理由は、目を合わせていないから。

「ま、まあこのやり取りも一旦ストップってことで。ほら、その手を退《ど》けてお花を見て回ろう？　シアが一番好きな花も教えてもらわないとなんだから」

「……わ、わかりました！」

気持ちを切り替えるように、ハキハキした声で返事をしたシア。

その勢いのままに顔に当てていた手を退かしたシアだが、先ほどの感情はまだ綺麗に残っていた。

どんなに言い訳をしても誤魔化せないほどに真っ赤な顔になっていたが——嬉《うれ》しいことをしてくれる。

「ベレト様、私が大好きなお花はこっちにありますっ」

先ほどの言葉にすぐ応えてくれたことで。

「お！　じゃあそっち側から見ていこうかな」

「私が大好きなお花は一般的な種類なので、面白くないかとは思いますが……そちらはすみません」

「全然大丈夫だよ」

『シアが大好きなお花』ということが大事なのだから。

「それじゃあ回っていこ？」

「はいっ！」

そうして、二人で肩を並べながら、手入れされた広い園庭をのんびり見て回っていく。

ふと気になる花を指差せば、シアはすぐに名称や花言葉を丁寧に教えてくれる。

それは大切な人と一緒に花巡りツアーを体験しているかのよう。

そんな充実した楽しい時間が一五分ほど続いたところで――。

「ベレト様、こちらが私の大好きなお花ですっ！」

「おっ、この黄色とオレンジの花？」

「そうですっ‼」

――目的地に到着。

サッと膝を折って手を伸ばすシアの隣で同じように膝を折り、間近で観察するベレトである。

握り拳大の一輪の花。

五つの黄色い花弁と、内側にオレンジの花冠。

色鮮やかな二色で構成された、明るく、純粋なシアが好きそうなイメージ通りの花だった。

「こちらはマリーホックというお花でして、寒さにも暑さにも乾燥にも耐えることができるそれはもう強いお花なんです」

「へえー。じゃあ花言葉は『健康』とか『希望』じゃない？　今まで教えてもらった傾向からして」

「その意味合いもないとは言えないのですが、一番は……どのような障害があっても枯れないということで、『一途《いちず》な幸せ』という花言葉になります」

「え？　それってちょっと暗い意味合いを持ってない？　『咲く』ならまだしも、『枯れない』って……」

「ベレト様のおっしゃる通りです。花言葉に当てはめると、『想《おも》うだけで幸せ』ともなるので、儚《はかな》いお花と捉える方は多いかと」

微笑《ほほえ》みながら言葉を返すシアは、大きな花弁を優しく撫《な》でる。

「ですが、私にはその幸せが理解できまして……。ベレト様にお仕えできる幸せがあるならば、と……」

「……」

「今現在はそれ以上の幸せに恵まれていますので、私に当てはまるような花言葉ではないのですが、この気持ちも変わらずですので。えへへ……」

花から手を放せば、今度はおずおずとベレトの手の甲に小さな手を重ねてくる。

『信じてくださいね』

『本気ですからね』

行動でそう示すように。

それは『今の関係が崩れたとしても、引き続きお仕えさせてください』と言っているようにも感じた。

「……そういうところズルいよ、シアは」

「ふふ、私の心の準備が整っていない中で褒めてくださったお返し……。自《おの》ずとできてしまいました」

「ま、まさかこんな風に返されるとは思ってなかったよ」

『してやられた』というように笑うベレトは、甲に重ねられた手首をクルッと返し、シアの手を優しく包み込む。

「俺も花に詳しかったらなにか反撃できるんだけどなぁ」

「この場では分が悪いかと思います」

「……いつの日かこの仕返しをさせてもらおうかな」

「楽しみにしていますね」

「た、楽しみなんだ？」

「ベレト様がお相手ですから。嫌がることはしないですから」

「も、もう……」

優位を取られてばかりのベレトは、言葉でもやられるばかりである。

『降参』というように視線を逸《そ》らせば、嬉しそうで慎《つつ》ましやかなシアの笑い声が耳に入る。

「お話は変わりますが、ベレト様は気になるお花や好みのお花、見つかりました？」

「まだ全部を見て回ってないからあとで変わるかもだけど、今一番いいなって思ってるのは、あっちに見えてる花かな」

シアの手を包んでいる手とは逆の手で、その方向を指差す。

「オレンジの花弁に黒色が入ったお花です？」

「そうそう。見た目第一なんだけど、カッコいい花だなって」

「ふふ、あのお花は今のベレト様にピッタリですよ」

「そうなの？」

「あのお花は長く咲き続けると全てオレンジ色の花弁に変化するので、花言葉は『希望の達成』となってまして」

「あっ！　最終的に暗い色が全部明るく変わるから『希望の達成』なんだ!?」

「その通りでございますっ」

あまり花に関心がなくとも、面白く感じられるのはシアの手腕だろう。

「その花言葉を聞いたらますます好きになったよ。カッコいいって見た目は変わっちゃうけど」

「せっかくですから近くで見てみませんか？」

「ありがとう。そうさせてもらうよ」

「いえいえ」

このやり取りを終えて、一緒に立ち上がって移動を始める。

「……」

「……」

この時、シアの目線は左右に咲く花々ではなく、斜め下と隣を歩くベレトに交互に向いていた。

――未《いま》だ繋《つな》がれている手と、それに気づいていないようなベレトの横顔に意識を取られていた。

「…………」

『したいことを遠慮なくして』と言われているシアだが、もし気づいていないのなら、『ごめんね』とベレトに謝らせてしまう可能性がある。

今、頭にあるのは、『このままで大丈夫なのかな……』という不安の感情。そして、手は離したくないという私情。

黙っていればこのままの状態でいられる。

もし確認を取ることでこの件に触れてしまったのなら、手が離れてしまう可能性がある。

もう一度手を繋ぐタイミングが見つけられない恐れがある。

しかし、専属侍女としての正しい行動は、第一に確認を取ること。恐れずこの件に触れること。

頭の中で葛藤しながら、シアは声を上げるのだ。

「べ、ベレト様……」

「ん？」

この瞬間だった。

微笑むベレトを目に入れて、シアの気持ちが完全に揺らいでしまった。いや、土台から崩れてしまった。

「……や、やっぱり……なんでもありません……」

「そっか」

「……」

専属侍女の立場よりも、私情を選んでしまった。

さらには確認していないことを優先してしまった。

大きな罪悪感から逃れるように、繋がれた手に意識を集中させようとしたその時だった。

「っ‼」

ギュッとベレトから手に力を込められるのだ。

一度は伝えようとした内容を察したのか、はたまた偶然か。

この二つが過《よ》ぎったシアだが、ベレトの横顔を見て理解した。

手を繋いでいることに触れなかったのは、恥ずかしい気持ちがあったからなのだと。

自惚《うぬぼ》れたことを言えば、『このままがいい』と思ってくれたのかもしれないと。

「あのさ、シア。また今度園庭に行く時は俺も呼んでくれない？　今日のようにまた一緒に見て回りたいな」

「し、承知しました」

大切な人から求められることだけで幸せな気持ちになる。

シアも手にギュッと力を入れて言葉を返すのだ。

「ありがとね、本当」

「こちらこそです……」

恥ずかしくなって、ベレトに顔を合わせられないシアだが、握った手だけは離さないようにする。

「では、明日ベレト様をお誘いいたします」

「ははっ、それじゃあ楽しみに待ってるよ」

「はい……」

デートの時間が経《た》てば経つだけ嬉《うれ》しいことに巡り合う。

真剣に付き合ってもらっていることがシアの中に伝わってくる。

目元も頬も口元も、全部が緩んでしまう。

戻そうとしてもなかなか戻すことができず、ベレトには絶対に見せたくない顔になってしまう。この時、ベレトが近くで見たかった花――ポーレッシュの前に着いてよかったと思うシアだった。

ベレトが目の前のお花に意識を集中するようになったことで。

「……」

いつの間にか、唯一の懸念《けねん》だったデートのプランの不安も掻《か》き消えていた。

そのおかげだろうか。

今まで数え切れないくらいに園庭に足を運んでいたシアだが、今日が今までで一番園庭を楽しむことができたシアだった。

第六章　シアとのデート・二

「いやぁ、まさかシアと一緒にこれができる日がくるなんて思ってなかったよ」

「ど、どうしてですか⁉」

一〇〇をも超える花々を観察し終え、ランチを食べたその後のこと。

園庭に作られた縁台に腰を下ろすベレトとシアは、二人仲良く日向《ひなた》ぼっこを始めていた。

「だって日向ぼっこしてる時のシアは、ぽ〜って幸せそうにしてるから、絶対に邪魔しないようにしてて」

「ち、ちちちちょっと待ってください！　そのような風に見えていて、そのように努めていただいていたのですか⁉」

「あはは、日向ぼっこは気持ちいいもんね。いつも蕩《とろ》けたような顔をしてたよ」

「なっ……」

大袈裟《おおげさ》に言っていると思うだろうが、緩み切った表情をしてることで、本当に蕩けたような表情になっていたのだ。

「今朝、一番の楽しみが日向ぼっこって言ったでしょ？　今日はその顔を近くで見られそうだなって思って」

「そ、そのようにお伝えされても絶対に見せませんからね……。ベレト様の前ではふにゃっとした姿を見せられません……」

「あら」

予想した通りの言葉を返されてしまう。

『それを言わない方が近くで見られたんじゃ？』との意見はもっともだが、『一番の楽しみ』に思っている理由を言うタイミングを摑《つか》めなかった結果、不安にさせてしまうことがあるのではないかと考えたベレトなのだ。

「……ふう。それにしても思った以上に気持ちいいんだね、日向ぼっこって。シアがよくする理由もわかるよ」

「ふふっ、それはよかったです」

「ねえ、せっかくだからシアも脚を伸ばさない？ そっちの方がもっと気持ちいいと思うから」

実は日向ぼっこを始めた時から気づいていた。膝の関節を九〇度に曲げて、背筋まで伸ばしていたことに。

「もしそれでなにか咎《とが》められるようなことがあった時は、俺がそう命令してたって説明もするからさ」

「で、でしたら少しだけ……」

「うん。この機会だから楽にしてね」

「お気遣いをありがとうございます」

一人で日向ぼっこをしている時と同じように、膝を九〇度に曲げてビシッと座っているシアだが、細い脚を少しだけ伸ばしてくれた。

「ああそういえば、シアは最近困ってることとか悩みはない？　これを聞くのは久しぶりだなって思って」

「おかげさまで不自由のない毎日を過ごさせていただいておりますよ。ベレト様が方針を変えてくださったので、学園でもさまざまなことに時間を割くこともできておりますから」

「本当に大丈夫？　心配させたくないから言えないみたいなこともない？」

「もちろんです。聞いてくださったのに、お話の腰を折ってしまうようですが……そちらはすみません」

「いやいや！　なにもないのが一番嬉しいから。それしか話せないってわけでもないしね」

確かに会話が途切れてしまうことではあるが、毎日を不便なく過ごせていることがなにより大事なことである。

「ベレト様はなにか困っていることなどはありませんか？　私がお力になれることでしたら、全力で協力いたしますので」

「う～ん。俺は将来の不安があるけど、勉強っていう解決方法があるから、そこまで重くは考えてないかな」

「でしたらよかったです。もしその他になにかありましたら、気軽に私を頼っていただけると幸いです。お力になれるよう努めますので」

「ありがとう。それじゃあもしもの時は頼らせてもらうね」

「はいっ‼」

正直なところ、シアを困らせるようなことはしたくない。

明るい笑顔を見せ続けてほしいところだが、このように言われたら素直に甘えるべきだろう。

「ちなみに俺が学園を卒業した後の話なんだけど、俺が卒業してもシアは一人で学園に通わないといけないんだよね？」

「はい。代々続く方針なので、卒業は絶対にしなければなりません」

「そうだよねえ……。だから、それはそれで心配なんだよね。俺がいないことを見越してちょっかいを出されたりしないかなって」

シアの人気ぶりは当然知っている。多くの異性に狙われる立場であることも知っている。それだけに『自分の手が届かない場所』というのは心配になってしまう。

「ご安心ください、ベレト様。どのようなことがありましても、私がベレト様から他の方に目移りすることはありませんので」

「はは、まあここは割り切るしかないところなんだけどね」

これればかりはシアを信じるしかなく、別の男に目移りされないように自分磨きをするしかないところ。

「あとは……そうだ。この関係を公表するってなった時なんだけど、シアはなにか困ったりする？」

「と、とととととんでもないです！　むしろとても望ましいばかりで……心より嬉しく思いますっ‼」

「なら安心だ」

『侯爵家嫡男の恋人』

その事実が周知されれば、簡単に手出しはできなくなる。変なことを考える輩《やから》もいなくなる。

そして――この確認は絶対に必要なことなのだ。

「なんでこんなことを聞いたのかって言うと、卒業式の前後にエレナとルーナとシアと、その全員の両親を集めて、顔合わせを含めた方針決めの場を作りたいなって考えてて」

「っ‼」

「まだ了解が取れたわけじゃないから、仮の話ってことは念頭に置いといてね」

「承知しましたっ‼」

シアが緊張を露《あら》わにするのも仕方がない。

これは『一生を添い遂げる相手』ということを確定させるような会合にもなる。

無論、集まりのことを考えればベレトだって緊張するが、それでもこれは避けられないこと。

「……主従関係《この》だからあまり伝わらないかもだけど、自分は真剣な気持ちでシアと付き合ってるから、今後のことも心配しないで大丈夫だからね」

「ベレト様……。わ、私……もう幸せで死んでしまいそうです」

「そ、それだけは絶対やめてね⁉　まだまだこれからなんだから！」

冗談だとわかっていても、思わず慌ててしまうベレトだった。

その後のこと。

二人きりの日向ぼっこを続けながら、会話を広げること四〇分。

顔を隠すように頭を下げ——少しの間、口を手で押さえるベレトがいた。

バレないように『あくび』をするが、観察眼に優れたシアにはなにもかもお見通しだった。

「ふふ、ベレト様はおねむになられましたか？」

「ほ、ほんのちょっとだけね⁉　でもなにも問題はないよ」

『つまらないから眠くなった』なんて理由ではないのだ。

これは食後で満腹だからという他に、日向ぼっこでポカポカと体が温まる中、誰よりも気を許した相手と過ごしているから。

ベレトにとってこれは仕方のない睡魔と言えることだった。

「我慢をされないでください、ベレト様」

「……そ、そうは言ってもここでシアと別れるのは絶対に嫌っていうか……。まだ一緒にいたいよ」

勉強に園庭に日向ぼっこに。

今日のデートプランは完遂しているが、まだ時間も時間。この気持ちはまだ満たされていない。

そして、シアもまた同様だった。

「で、でしたらその……私の膝を……使われますか？」

「なっ……⁉」

「私は初めてすることなので、勝手が悪いこともあるかとは思いますが……膝枕でしたらベレト様はお休みになれますし、引き続きご一緒できますから」

「さ、さすがにそんなことまで甘えるわけにはいかないよ」

膝枕をされたくないわけじゃない。

むしろ興味のあることだが、ベレトにとってはラインを越えた甘えになる。主人としての格好がつかないことでもある。

片手を振りながら全力で拒否すれば――。

「――ベレト様には、絶対に甘えていただきます」

「ッ！」

頰を赤らめながら、珍しく強気に出るシアがいた。

そんなシアには一つ、切り札があったのだ。

「本日は私……ベレト様によりご命令をするように言われております。なので、ベレト様には絶対に私の膝枕をしてもらいます」

「あ、あ……」

想定外のところで、予想もしてなかったところで上手に命令を使われるベレトは困惑するばかり。

『今日は無礼講ってことで、シアが俺に命令しても問題ありません。むしろ一回くらいは俺にできることを命令してもらおうと思ってます』

『こうした楽しみ方は屋敷内でしかできないことだしね。だから今日は屋敷内でできることを最大限に楽しもうよ』

と、実際に口にしたベレトなのだ。

「ま、待って！　確かにそうは言ったし、命令には従うつもりだけど……恥ずかしいでしょ？　俺はシアに無理をさせるためにそう言ったわけじゃなくて……」

「理解はしております。ただ、私がさせていただきたいのです……。ベレト様に……膝枕を」

「……」

本来のシアなら『ダメですか？』と必ず確認を取るところだが、確認を取った時点で命令ではなくなってしまう。

命令の体を貫く彼女は、自身の太ももにポンポンと手を当てて、強い意思を見せながら。

ベレトの逃げ道を完全に塞ぐのだ。

「ベレト様、どうぞ……。大変恐縮ですが、私からの命令となります」

「はは……。ま、参ったなこれは……。本当に無理してない？」

「もちろんです」

「そ、それなら……うん。命令に従いまして……」

恥ずかしさから頬を掻《か》くも、覚悟を決めた。

膝を合わせ、膝枕の準備を調え終えているシアの太ももにゆっくりと頭を載せて……体の力を抜いていく。

「ど、どうでしょうか、ベレト様……。心地悪くないでしょうか……」

「うん、全然……」

「でしたら安心いたしました……」

服の上からでも感じる柔らかさに、甘い匂い。

それはいつの間にか胸のドキドキから安心感に変わっていく。心地よさに変わっていく。

「……逆にシアは重たかったりしない？　体格差もあるから」

「平気ですよ。本当に」

「ならよかった。って、頭は撫《な》でなくても……」

「いつもベレト様には頭を撫でていただいてますので、お返しです……。実はさせていただきたく思っておりまして」

「そ、そうなんだ……」

完全に主導権を握られている今、されるがままのベレト。

どこかくすぐったく、気恥ずかしさもある。

なんとも言えない反応を見せてしまうが、これもまたすぐに安心感や気持ちよさを感じる。

シアが『頭を撫でて』と甘えてくる理由に納得した瞬間で——睡魔を強く誘発させられてしまう。

うとうとするその中で、ベレトは力ない声をかけるのだ。

「……ごめんシア、これ以上されると眠っちゃいそう……」

「大丈夫ですよ、ベレト様。このままお休みになってください」

「本当に、いいの……？」

「私はこうしているだけで幸せですから……」

「……そっか……」

思考も鈍る今、普段なら言い返す言葉も素直に飲み込んでしまう。笑みを浮かべて大きな相槌《あいづち》を打つ。

そのまま重たくなった瞼《まぶた》を落とすベレトだった。

そして、シアが規則正しい寝息を耳にするのはすぐのこと。

「ふふ……」

ベレトが眠りについたことを確認すれば、愛《いと》おしいその相手をちゃっかり……抱きしめるシアだった。

＊＊＊

「ん、ん～！」

心地の良い昼寝についたベレトが目覚めの声を漏らし——視界に映したものは二つ。

「お目覚めになりましたね、ベレト様」

「ッ⁉」

可愛《かわい》らしいシアの顔と、夕焼けの空。

長い時間眠っていたのは、空の色をみればわかること。

冷や汗を流すことで冷静に頭が働き出す。

「あ、あのさ……？　もしかしてシア……ずっと膝枕してくれてた？」

「気持ちよさそうにお休みされていたので」

「って！　ごめん！」

会話を優先している場合じゃなかった。

上体を起こして膝枕の時間を終わらせる。

「本当にごめんね⁉　こんなに眠るつもりはなくて……‼」

「えへへ、大丈夫ですよ。ベレト様以上によい思いをさせていただきましたから」

「そんなこと言って……。足、絶対に痺《しび》れてるよね？」

「いえ、痺れてなどいませんよ」

余裕を窺《うかが》わせるようにニッコリと微笑《ほほえ》むシア。

彼女の様子にはなにも違和感がないが、普通ならばあり得ないこと。体格差も大いにあるのだから。

「が、我慢してるよね？　本当は……」

「我慢もしておりません」

「……」

「……」

意見のぶつかり合いから、無言で見つめ合う。

シアがここまで言っているのだから、確認するのは野暮《やぼ》なのかもしれない。

しかし、ベレトからすればそうもいかないこと。

おずおずと手を伸ばせば——。

「ベレト様……。ダメです」

シアが声を上げる。

それでも伸ばす。

「ベレト様……。本当にダメです」

制御の声がかかる。

それでもさらに手を伸ばし、彼女の膝をポンと強めに押した瞬間だった。

「ひうっ‼」

ビクンと体を跳び上がらせるように、小動物のような悲鳴を漏らすシアがいた。

「あ、あ、あああ……」

足が痺れていることが確定した一幕であり、デートの終わりも近い時。

それはもう慌てるしかないベレトだった。

その一方で——長時間ベレトの頭を撫でたりと、好きなことをしたシアにとっては、苦とは裏腹に幸福感のある痺れだった。

幕間《まくあい》三

「うー……」

夜も更《ふ》け、周囲は静まる時刻。

髪留めとネックレスのお手入れも終わり、あとは就寝するだけになっていたシアは、ベッドの上で弱々しい声を漏らしていた。

「はうぅ……」

朝から夕方までずっと、お慕いしているご主人と二人きりで過ごした。何度も思い返してしまうほど楽しいデートをした。

だからこそ起きた問題だと言えるだろうか。

（心寂しいです……。ベレト様……）

一人静かな空間にいることで、その落差に襲われていたのだ。

髪留めとネックレスのお手入れをしていた時は真剣になることで、その気持ちを誤魔化すことができていた。

しかし、『就寝するだけ』となったこの時間だけはどうしようもなかった。

「ベレト様……」

シーツをギュッと抱きしめながら、精一杯の我慢を続ける。

でも──。

ご主人に抱きついた時の感触。

抱きしめられた時の感触。

手を繋《つな》いだ時の感触。

初めて頭を撫でた時の感触。

全てを無意識に振り返ってしまい、悪循環に陥ってしまう。

心から想《おも》うご主人の人肌が恋しくなってしまう。

そんなご主人が一つ屋根の下にいて……、すぐにでも会いに行けることを考えてしまうと。

（…………）

もう、限界だった。

シアが誇りに感じていた我慢。それはもう機能しなくなっていた。

「ベレト様ぁ……」

消え入るような声を続けてあげるシアは、愛用している枕を抱え、ベッドから起き上がる。

机上にあるランタンに火を灯《とも》すこともなく、ランタンの光を頼ることもなく、パタパタと自室を出る。

足元に注意しながら、それでも急いで。

月明かりが照らす暗い廊下を歩いて行き、二階に向かっていく。

階段を下りて目的地にたどり着けば、数回のノックをするのだ。

（まだお休みになられていませんように……）

この願いを込めて――。

「はーい？」

「べ、ベレト様‼」

――通じた。

聞きたかった声を聞くことができた。

「あの……シアです」

「え、シア⁉　ち、ちょっと待ってね」

そんな主人はベッドで横になっていた最中だったのか、急ぎの足音を鳴らして扉を開けてくれた。

「お、お休みのところ大変申し訳ありません……」

「それは全然大丈夫だけど……どうかしたの？」

自分を見て、両手で抱えた枕を見て、さらに戸惑っているご主人。

……でも、優しく問いかけてくれる。

「そ、その、あの……」

「いいよ。怒ったりしないからゆっくりで」

ちゃんと受け止めようとしてくれるご主人だから、言うことができた。

「わ、私……一人でいることが寂しくなってしまって……。眠れなくなってしまって
……」

「うん」

「だ、だからベレト様と一緒にお休みさせていただきたくて……。で、でも、そのような
行為は、まだ……怖くて……」

思っていることを正直に。

しかし、これ以上にないワガママを言っているからこそ、情けなさに襲われる。

自責の念にも駆られて、目がジワッと潤んでしまう。

夜、誘われてもいないのに異性の寝室に向かうというのは、一般的に自ら大人の行為を

求めると捉《とら》れてしまうから。

でも、シアは違う。

ご主人と一緒にいたい。

寄り添って眠りたい。

それでも、その行為は怖くて勇気が出ない。

そんな失礼で思わせぶりな行動を取ってしまって——。

「あはは、それは別に自分を責めることじゃないよ。そういうのは無理にするものじゃないんだから」

そんな自分に対し、ご主人は嫌な顔をするどころか、目を細めて穏やかな言葉をかけてくれる。

「って、シアは明日も早いでしょ？　ほら、早く入って」

「は、はい……」

それだけでなく、積極的にリードをしてくれる。

当たり前という雰囲気で中に招いてくれて、扉も閉めてくれる。

（私が声を震わせてしまったから……）

こちらに非がある時はいつもそう。

わかりやすいくらいに手助けしてくれる。

緊張を隠して、甘えやすいように一役買ってくれる。

そんなご主人に触れ、さらに強い想いが溢《あふ》れてしまう……。

「えっと……これを言うと逆に警戒させちゃうかもだけど、変なことはなにもしないから安心してね。シアの気持ちはちゃんと受け取ったから」

こう言われたらその意識を働かせしまうことがある。でも、信頼を寄せているご主人は違う。

特別な人には当てはまらない言葉。

「あと言っておくことはそうだなぁ……。落ち着けなかったり、居心地悪かったりしたら自由に退室していいからね」

「わ、わかりました」

「それじゃ、シアはここにどうぞ」

「あ、ありがとうございます……。本当に……」

「どういたしまして」

先にベッドに入るご主人は、ポンポンとシーツを叩《たた》き、場所を示してくれる。

大好きな人と一緒にお休みするというのは当然緊張する。

だけど、それ以上に嬉《うれ》しい気持ちでいっぱいのシアである。

一歩一歩ベッドに近づき、ご主人が使うふかふかのベッドに潜っていく……。

（ふあぁ……）

ポカポカなご主人の温《ぬく》もりのあるベッドに、隣で仰向《あおむ》けになっているご主人。

もう、高揚感や幸福感でいっぱいだった。

ご主人が使ったベッドのメイキングをする時、誰にも見られないように注意して……上半身だけをこっそりベッドに預ける時とは全然違うのだから。

「ベレト様……。その、お、お手は……」

「繋ごっか」

「……はい」

横向きの体勢で許可を取るシアは、伸びるご主人の左手を両手で包み込む。

（お言葉に甘えさせていただきます……）

指を絡《から》めて解けないようにする。

——直接ご主人に触れられたらもう、心も体も満たされる。

そうして、いつでもお休みできる状態になった時だった。

「……俺の方こそありがとうね。甘えてくれて」

「っ」

いきなりお礼の言葉をかけられる。

「おかげさまで膝枕の借りの半分は返せたかな？」

「か、借りだなんて……そんな……。私は却《かえ》ってご迷惑を……」

「そんなことないよ。正直、嬉しかった」

「ベレト様……」

声に感情を乗せてくれている。本当にそう思ってくれていることが伝わってくる。

「……俺、お勧めしてるシアも、甘えん坊のシアも好きだから」

「そ、そんな……」

「本当だよ」

身の回りのお世話をして、手間を取らせないように働く『専属侍女の自分』ではなく、なんの力にもなれない、迷惑をかけてしまう『ただのシア』も好きだと言ってくれるご主人。

それは言葉に表せないほど、声に出せないほどに——嬉しい告白だった。

そんなことを教えてもらったら、もっと満足しようとしてしまう。

「ベレト様……。わ、私……。接吻《せっぷん》は……怖くない、です……」

「それはダメ。命令」

「う、うぅ……」

勇気を出して口にしたからこそ、絶対的な『命令』に言葉にならない声が漏れてしまう。

「うー、じゃないの。そんなことしたら緊張して眠れなくなるでしょ？　シアは明日も早いんだから」

「……わかり、ました」

ただ、すぐに嬉しくなる。

命令を使った理由が、自分の体を気遣ってくれたからだということで。

「では、このお手だけはこのまま……」

「ん。……も、もし、だよ？　もしそれがしたい時は、この時間以外で……言ってもらえたら」

「はい……。承知しました……」

命令には逆らえない。接吻は今度になってしまったが、嫌な気持ちには全くならなかった。

ご主人が嫌じゃないことがわかって……。

ただ、ほんの少しだけ。ちょっと残念な気持ちを誤魔化すように、普段はできないことをするのだ。

「……ベレト様、お休みなさいませ」

「シアもお休み」

「うん……」

同じベッドの上で顔を合わせて、この挨拶を。

それは――キスをした時と同じくらい、嬉しいことだった。

エピローグ

ピンク色の空が広がる朝焼けの時刻。

「っ!」

優雅に羽ばたく鳥のさえずりを耳にした瞬間のこと。

上半身をバッと起こす少女がいた。

その少女——。朝のお勤めがあり、もう何年もこの生活を続けているシアに『寝ぼけ』の文字はない。

「あ、あれ……」

ハッキリとした視界の中で時間を確認しようとするシアだが、普段置いてある場所に時計が見当たらない。

それどころか家具も部屋の広さも、なにもかもが違う。

しかし、見覚えのある内装。

「ここは……ベレト様の……」

一つずつ状況を噛《か》み砕いていきながら、首を傾《かし》げる。

その中でふと、隣を見た矢先だった。

「ひゃっ⁉」

それはもう間近で眠っているベレトを見たシアは、起こさないよう反射的に口元を押さえながら、大きな音を立ててベッドから落下する。

上体を大きく逸《そ》らしたことで、ベッドの端に飛び出てしまったことで——。

「——い、いたたたたぁ」

この痛みによって昨夜の記憶を鮮明に思い出す。

頭が正常に回転し始める。

「そ、そうでした……。私、ベレト様と……」

急に寂しくなり、もっと一緒にいたいという想《おも》いで甘えてしまった。

そして、この部屋で一緒にお休みさせてもらった。

大好きな人が隣にいてくれたから、気持ちよくお休みすることができた。

それだけでなく、同じベッドに入るという初めての体験もできた。

この気持ちに浸れば浸るだけ嬉しさが溢れてくる。ベッドから落ちた時の痛みも和らいでくる。

「ふふ……」

無意識な笑みを浮かべながら、立ち上がるシアがすることはただ一つ。

目を瞑《つぶ》っているベレトを覗《のぞ》き込みながら、小さな声をかけるのだ。

「ベレト様……。起きていらっしゃいますか……?」

「……」

大きな音を立ててしまったから、心配だったが。

その問いかけに返ってくるのは寝息だけ。

「ベレト様、起きていらっしゃいますか?」

「……」

もう一度問いかけても、反応は同じ。

「……お休みになっておりますか?」

言葉を換えてさらに問いかけても結果は変わらず。

入念な確認を行うのには、大きな理由があるのだ。

これはベレトが寝ている時にしかできないことなのだ。

「……ベレト様、本当に申し訳ありません……」

謝罪を一つ。

「本日もこのような私をお許しください……」

そして、重ねての謝罪をするシアは行動に移す。

枕元に両手を置き、ベレトの顔にゆっくり口を近づけていくのだ。

恋人になったベレトの寝顔を見て、我慢ができずに一度してしまってからはもう――ずっと罪悪感がある。

罪の意識もある。

でも……しなければもう満たされることはなかった。一日頑張ることができなくなっていた。

「ベレト様……」

シアは、その無防備な唇に、自分の唇を重ねるのだ。

いつになっても慣れない柔らかい感触……。

触れ合った瞬間に芽生える大きな幸福感。

「ん……」

夢中になりそうな気持ちを抑え、頭の中で三秒を数え、一度口を離す。

呼吸を苦しくさせないように。

なにより、眠りを解かないように……。

「大好きです……。ベレト様……」

恍惚《こうこつ》とした表情でその名を呼び、また唇を重ねる。

はむはむと、ついばむようにベレトの下唇を甘噛みする。

唇の感触、温《ぬく》もりを覚えながら……今だけしかできない甘え方をする。重たい愛情を伝えていく。

ベレトの顔に片手を添え、さらにキスを深めていく。

押しつけるように、さらに触れ合わせていく。

「本当にお慕いしております……。本当に、本当に大好きです……」

今の気持ちを全て伝え切れば、最後に首筋にも口づけを。

「ふあ……」

時間にして二分ほどだが、幸せな吐息を漏らすシア。

心臓が破裂しそうになって——ようやく満たされる。

「……それではベレト様、本日もお勤めに行って参ります……」

仕事がある以上、この場にずっとはいられない。

これだけは甘えるわけにはいかない。必ず我慢しなければならない。

ベレトの胸元に顔を埋《うず》めながら言い終えると、一歩、二歩と距離を取っていく。

後ろ髪を引かれる思いで、扉に向かうシアはドアノブに手をかける。

──それからすぐ。

『ガチャ』

と、扉が閉まる音が聞こえれば、寝室には物音一つない静寂が訪れる。

「……」

そして、この空間で──扉に背を向けるように寝返りを打つベレトがいた。

開いた目は泳ぎ、激しい動悸《どうき》に襲われていた。

汗が噴き出てしまいそうなほど熱を発する体を丸め、頭の中は真っ白になっていた。

「…………」

今まで、ただ寝顔を見られているだけだと思っていた。

今まで、あれほどの想いを伝えられていたなんて知らなかった。

唇に、首筋に、キスをされていたなんて知るわけもなかった。

「──恋人にあんなことをされていると知った今、あんなことをされた今、冷静でいられるわけもなかった。

ただでさえ我慢していた理性に、大きなヒビが入る音が聞こえたような気がした。

次、同じことをされてしまったら……。偶然、目覚めてしまったら……。

もう、我慢できる自信がなかった。

「……寝たふりなんて、するんじゃなかった……」

ベッドの中でボソリと呟《つぶや》くベレト。

その顔はこれ以上ないくらいに赤く火照《ほて》っていた。

あとがき

皆様お久しぶりでございます！

四月末からのゴールデンウィーク楽しめましたでしょうか。

去年ではありますが、本シリーズの二巻の発売時期も五月だったので、同じようなことを書いた記憶が……。と、感慨深いものがありつつ！

これから梅雨の時期がやってまいりますが、わたしを含め、雨が苦手な方……一緒に乗り越えていきましょう。


さて、ご挨拶もこの辺にしまして。

この度は『貴族令嬢《きぞくれいじょう》。俺《おれ》にだけなつく』の四巻をお買い上げいただきありがとうございます！

本巻ではようやくお付き合いした後のお話となりましたので、一歩踏み込んだ内容を執筆することができました。

ビックリする展開ももしかしたらあったのかなと思いますが、今巻も楽しんでいただけましたら、大変嬉《うれ》しく思います。

また、今回も綺麗《きれい》で可愛《かわい》いイラストで作品に華を添えてくださったイラストレーターさんのGreeN様、本当にありがとうございます。

加えて担当さんや校正さん、本作に関わってくださった方々のおかげで今回も出版することができました。

気づけばもう一年と半分ほど続くシリーズとなりまして、心より感謝申し上げます。

最後になりますが、今回もお手に取っていただき、改めまして本当にありがとうございました。

次巻につきまして、より睦《むつ》み合う展開と、アリアの踏み込みをお見せすることができたらなと考えております。

また、コミカライズも進行中ですので、楽しみにお待ちいただけたら幸いです。

それでは、今回もまた続刊できますことを祈りまして、あとがきの方を締めさせていただきます！

夏乃実《なつのみ》

富士見ファンタジア文庫

貴族令嬢《きぞくれいじょう》。俺《おれ》にだけなつく4

令和6年5月20日　初版発行

著者――夏乃実《なつのみ》

発行者――山下直久

発　行――株式会社KADOKAWA
〒102-8177
東京都千代田区富士見2-13-3
0570-002-301（ナビダイヤル）

印刷所――株式会社暁印刷

製本所――本間製本株式会社

※定価はカバーに表示してあります。
●お問い合わせ
https://www.kadokawa.co.jp/（「お問い合わせ」へお進みください）
※内容によっては、お答えできない場合があります。
※サポートは日本国内のみとさせていただきます。
※Japanese text only

ISBN978-4-04-075413-0　C0193

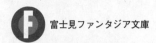

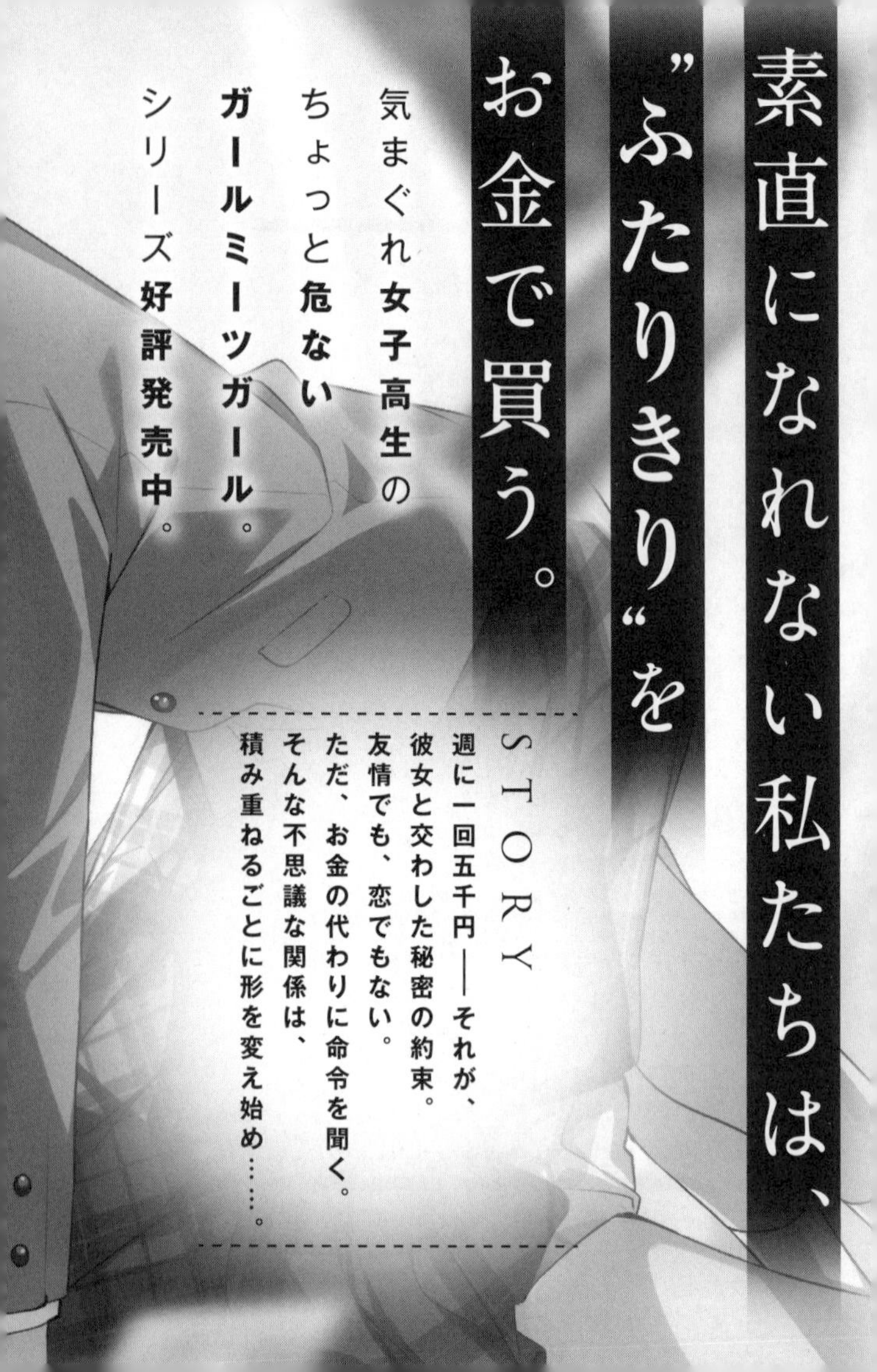
素直になれない私たちは、
"ふたりきり"を
お金で買う。
気まぐれ女子高生の
ちょっと危ない
ガールミーツガール。
シリーズ好評発売中。
STORY
週に一回五千円——それが、
彼女と交わした秘密の約束。
友情でも、恋でもない。
ただ、お金の代わりに命令を聞く。
そんな不思議な関係は、
積み重ねるごとに形を変え始め……。

ファンタジア文庫
週に一度
クラスメイトを
買う話
～ふたりの時間、言い訳の五千円～
羽田宇佐《はねだ・うさ》 イラスト／U35《うみこ》
USA HANEDA

双星の
無名の青年が天下無双の大活躍！
彼の前世は、最強の英雄だ！
華流転生ソードファンタジー。

シリーズ好評発売中！
天剣使い
HEAVENLY SWORD OF TWIN STARS
名将の令嬢である白玲は、
一〇〇〇年前の不敗の英雄が転生した俺を処刑から救った、
才ある美少女。
それから数年後。
始まった異民族との激戦で俺達の武が明らかに——！
最強の白×最強の黒の英雄譚、開幕！
ファンタジア文庫

無自覚最強ハーレム！
シリーズ
好評発売中！
妹が女騎士学園に入学したら
なぜか救国の英雄になりました。
僕
ぼくが。
After my sister enrolling in Girl Knights' School, I become a HERO.
author.
ラマンおいどん
ill. なたーしゃ
ファンタジア文庫

だって学園の誰より
兄さんのが
強いですから
STORY
妹を女騎士学園に送り出し、さて今日の晩ごはんはなににしよう、と考えていたら、なぜか公爵令嬢の生徒会長がやってきて、知らないうちに女王と出会い、男嫌いのはずのアマゾネスには崇められ……え？　なんでハーレム？